九

九说中国

寓言里的中国

夏德元 著

上海文艺出版社

出版者的话

作为人类四大古文明之一，华夏文明是世界上唯一没有中断并持续发展到今天的文明体系。这一文明体系发源于中国这片土地，在这片土地上发展壮大，立足于这片土地，敞开胸怀接纳吸收来自全人类的优秀文化元素，并不断向周边国家乃至全球传播，在对外交流中又进一步得到完善，从而形成了当今中国的文化面貌，也塑造着我们华夏民族优秀的精神品格。

对这样的文化，我们完全应该有充分的自信。而文化自信，是一个国家、一个民族发展中最基本、最深沉、最持久的力量。为此，我们决定组织编写这套"九说中国"丛书。

"九"这个数字,在中国传统文化中有着特殊的象征意味。在古时,九为阳数的极数,又是大数、多数的虚数,所以,既可以表示尊贵,也可以代表全部。据《尚书·禹贡》所载,大禹治水,后来称王,将天下划分为徐州、冀州、兖州、青州、扬州、荆州、豫州、梁州、雍州等九州;后来,九州可以代指整个中国。青铜器有"九鼎",成语"一言九鼎"表示说话有分量。"九"还与"久"谐音,有长长久久、绵延不绝之意。

"九说中国"系列丛书在体例上力图打破传统的学科界限和历史分期,从文化表现的角度着眼,系统展示华夏五千年文明的核心元素与基本样貌,凸显中国思想的博大精深、中国文化的源远流长、中国精神的丰富多彩,进而揭示华夏文明所具有的独特气质和深刻内涵,展示华夏文明的兼容并蓄和强大生命力。

中华优秀传统文化需要创造性转化,需要创新性发展;转化与发展最终一定是从实处、细微处生发出来。"九说中国"系列丛书邀请对中国文化素有研究的学者,从承载中华优秀文化的诸多细小的局部和环节入手，从最能代表中国气质、中国气象、中国气派的人物、事物、景物、风物、器物中，选取若干精彩靓丽的内容，以生动的语言和独特的叙事方式，描述华夏传统的不同侧面，向读者传达中华优秀传统文化的精气神。

"九说中国"系列丛书将分辑陆续推出，每辑九种。第一辑九种书目，涉及文字、诗歌、信仰、技术、建筑、民俗日常，并推究建立于其上、传承数千年的华夏观念。为了让海外读者有机会了解中国文化的博大精深和丰富多彩，本丛书在适当的时候还拟推出多种语言的国际版。

上下五千年，纵横一万里。"九说中国"系列丛书力求涵盖面广，兼顾古今，并恰当地引入中外比照；做到"立论有深度，语言有温度，视野有广度"，同时用当代读者喜闻乐见的表达形式加以呈现。

当然，丛书的编写是否达到了策划的预期，还有待读者诸君评鉴。欢迎各位随时提出批评改进的意见和建议。

目录

写在前面 / 001

一 龙的传说 / 001

二 农夫与伯乐 / 027

三 杞人和愚公 / 051

四 两只了不起的青蛙 / 075

五 哭之悲之,福兮祸兮 / 101

六 得而忘形,见利失真 / 127

七 狐狸、老虎、驴和鼠 / 161

八 南郭先生与东郭先生 / 189

九 橘与枳,梅与人 / 217

参考书目 / 245

写在前面

寓言是中国文化的组成部分,是扎根于中国文化沃土中的一棵常青树。

根据寓言史学家陈蒲清教授的观点,寓言产生于人类告别原始时代而进入文明时代之际,迟于神话与原始歌谣。发源于尼罗河的古埃及文明,发源于幼发拉底河与底格里斯河的巴比伦文明,发源于恒河与印度河的古印度文明,发源于黄河与长江的古中国文明以及巴比伦文明之前的苏美尔文明,都创造了寓言;略后的古波斯、古希腊、古希伯来,也创造了寓言。

中国文化有考古证据和史料记载的文明时代,至少从五帝时代开始,距今大约五千年到八千年;而有确切文字可考的历史，自商代至少也有三千六百年。如果从寓言产生的条件进行演绎推理，那么，中国寓言应该在夏王朝时代就产生了；但是，至今还没有发现流传到今天的夏王朝时代的寓言。陈蒲清教授认为，最合理的解释是这些早期的寓言没有用文字记载下来。这个解释的事实依据是，世界早期寓言都往往以拟人化的动物故事为题材，而中国现存的古代寓言极少有拟人化的动物故事。不过，笔者并不完全赞同陈教授的解释。从人类文明自非洲大陆、地中海、中东亚、印度、中国的传播路径看，中国文明的兴起晚于古埃及文明、古巴比伦文明、古印度文明本来就是自然而然的事；加之各种文明在相对分隔的地域独自发展出各自的特色，从而思想成果和文学创作略有差异也是可以理解的。

中国古代寓言见于书面记录的时代有三种说法：第一种说法是，萌芽于《周易》中的卦爻辞，那大约是公元前11世纪的作品；第二种说法是，萌芽于《左传》所记载的公元前6世纪的几则故事；第三种说法是，《墨子》（前4世纪）中的寓言是中国最早的寓言。不论认同哪一种说法，中国寓言与西方寓言的差别都是明显的，即中国寓言很少有拟人化的动物故事，而是多以人事为主角。其实，这是因为在寓言兴盛时期的中国哲人们，已经形成了有别于古希腊哲人关注思考人与物的关系、印度哲人专注人与神的关系大异其趣的思想主题——人与人的关系。而这样的思想传统也肯定不是在短时间内突然出现，而是经过了远远超过文字可考历史的漫长的积淀过程。

我们当然不能说这样两种风格有什么优劣之分，事实上，经过此后东西方文化漫长的交流融汇，两者之间的差异也慢慢地开始变得不那么明显了。现如今，以"农夫和蛇"等为代表的古希腊寓言和以"盲人摸象"等为代表的印度寓言，早已和"滥竽充数"等中国寓言一样，成为我们的孩子百听不厌、耳熟能详的益智故事。但是，尽管如此，我们仍然要说，中国寓言有西方寓言不可比拟的独特的艺术魅力和文化厚度；因为它直接以人物为主角，以人事为故事的主干，所以让人读起来更感觉亲切自然，也更能心领神会。

不仅如此，中国人物寓言与中国人本文化的同构关系，还使得许多寓言故事后来都浓缩为成语典故，毫无障碍地融入了历代作家的经典创作乃至人们的日常生活交际，因而在某种程度上甚至可以说：一部中国寓言史，就是一部中国思想史和中国文化史。毫不夸张地说，中国古代寓言，是一座蕴藏丰富的人文宝库。作为一种成熟独立的文学体裁，寓言在中国文学史上具有重要的地位，也是世界文学史上光辉灿烂的一页。在中华民族几千年文明史中，寓言在塑造民族灵魂、提高民族思维素质、繁荣民族文化、丰富民族语言等方面，都起着巨大的作用。中国古代寓言，像一面镜子，折射出我们中华民族的特质和创造力量，今天仍然可以作为我们个人修身养性、弘扬传统文化、重塑民族形象的宝贵借鉴。

那么，什么是寓言呢？中国古代，寓言的最早称谓是"譬"或"喻"。"譬"或"喻"，又合称"譬喻"：古人认为，用故事作比喻就是寓言。如：《墨子·鲁问》用"譬有人于此"开头讲述寓言故事，《孟子·梁惠王上》用"请以战喻"开头讲述寓言故事。汉魏人翻译《佛经》,也称寓言为"譬喻",如:《譬喻经》《百喻经》等。而"寓言"一词,在中国最早出现于《庄子》的《寓言》篇和《天下》篇。《庄子·寓言》说:"寓言十九,藉外论之。"《庄子》的这八个字有两方面的意义:第一,揭示了寓言的一个本质特点。"藉外论之",即假托另外的事情来说理,就是寓言的寄托性。第二,揭示了寓言的说服力量。晋朝郭象注释《庄子》的"寓言十九"说:"寄之他人,则十言而九见信。"唐朝成玄英《庄子疏》说:"寓,寄也。世人愚迷,妄为猜忌。闻道己说,则起嫌疑;寄之他人,则十言而九见信也。"只可惜,庄子并没有给寓言下严格的定义,也没有举出明确的例子。不仅是最早使用"寓言"一词的庄子,中国古代没有一个人给寓言下过明确的定义。

直到现代,人们才在各类工具书中给寓言下了定义。比如,《辞源》说:"寓言,有所寄托或比喻之言。……后称先秦诸子中短篇讽谕故事为寓言,因为文体之名。"《辞海》则说:"寓言,文学作品的一种体裁,是带有劝谕或讽刺的故事。其结构大多简短,主人公可以是人,可以是生物，也可以是无生物。主题多是借此喻彼，借远喻近，借古喻今，借小喻大，使得深奥的道理从简单的故事中体现出来。"而《中国大百科全书》（外国文学卷）给寓言下的定义是："文学作品的一种体裁。这类作品通常为散文体写的简短故事，有时也采用诗体形式，大多具有讽刺、劝谕或教训的寓意，因而称为寓言。借喻是寓言的重要特点，它向读者暗示寓言所蕴含而未直接表露的思想……"

在对这些定义进行辨析之后，陈蒲清教授在《寓言传》一书中给出了自己的定义："寓言是作者另有寄托的故事。"他解释说，"作者另有寄托的故事"这个定义，概括了寓言所具有的两个要素："故事性"和"寄托性"——寓言必须是一个故事，不是一般地抒发见解，而是通过故事抒发见解；所谓"作者另有寄托"，就是说作者讲这个故事时，不限于故事本身的意义，而是另有所指，寄托了另外的含义，即"言在此而意在彼"。寓言的故事就是寓体，寓言的寄托就是寓意。这两者缺一不可。寓言必须既有"故事性"，又有"寄托性"，这是确定寓言的必要条件。否则，就不是寓言。没有故事性只有寄托性的作品，它就是作者直接抒情或说理的诗文。反之，没有寄托性只有故事性的作品，它就是一般的叙事作品，包括没有寄托性的小说、叙事诗、神话、传说、民间故事等。既有"故事性"，又有"寄托性"，也是确定寓言的充分条件。任何一件作品，只要同时具有"故事性"与"寄托性"，它就是寓言。（陈蒲清著：《寓言传》，岳麓书社，2014年版，第363—364页）

中国古代寓言，历史悠久，源远流长。在中国文坛上，曾经出现过许多优秀的寓言作家，他们共同创造了丰富多样的寓言风格，开拓了广阔的题材天地。与西方寓言和西方寓言概念相比，中国古代寓言都有着自身鲜明的个性特点。如前所述，与西方寓言"特别爱用动物形象，并试图给人以道德的训诫"（《牛津现代高级英汉双解辞典》）不同，中国寓言多以人物为主角，很少用动物故事来寄托寓意；或即使有动物，也是与人物伴随出现，并作为人物的配角。中国寓言的这一特点，使它更平易近人，更能在各种文体中自然出现，并与文章融为一体，给人潜移默化的教益。也许正是因为中国古代寓言的这一特点，所以它散见于浩如烟海的中国古代典籍之中，不易被人重视，也使后人的钩辑整理更加困难。尽管如此，我们仍然能够发现一批流传至今且寓言又比较集中的珍品。比如在《墨子》《庄子》《孟子》《韩非子》《吕氏春秋》《列子》《战国策》《说苑》《新序》《笑林》《柳河东集》《艾子杂说》《郁离子》《燕书》《龙门子凝道记》《贤奕编》《雪涛小说》《笑赞》等书中，就存有大量的优秀篇章，即便仅以上述诸书为凭，亦足见中国古代寓言之蔚为大观。

中国古代寓言在两千多年的漫长历史时期中，经历了不同的发展阶段。陈蒲清教授在《中国古代寓言史》中（陈蒲清著：《中国古代寓言史》，湖南教育出版社，1983年版）"根据寓言本身的发展情况以及当时的社会背景和文学背景"，把中国寓言史分为五个阶段：先秦寓言、两汉寓言、魏晋南北朝寓言、唐宋寓言和元明清寓言。这五个发展阶段，同时也代表着五种寓言风格或主潮。先秦寓言多集中在诸子散文中，一般为阐述各学派哲学政治主张服务，可称为"哲理寓言"；两汉寓言题材和手法大多因袭先秦，但主旨是为空前统一的封建帝国汉王朝寻求长治久安之道，即希望通过寓言来宣传历史的经验教训，在政治上、生活上给人以劝诫，可称为"劝诫寓言"；魏晋南北朝时期，是中国历史上的一个大转变时期，哲学、文学、艺术都具有明显的过渡性质，寓言的创作也是这样。这个时期印度寓言随佛经传入我国，对此后中国的寓言创作输入了新鲜血液，并进而演化为中国寓言传统的一部分；唐宋寓言是中国古代寓言创作继先秦之后的第二个高潮，其特点是讽刺性加强而哲理性减弱，可称为"讽刺寓言"；元末和明中叶以后，又掀起过两次寓言创作高潮，其特点是冷嘲热讽的笑话成分增多，其中大多数可称为"诙谐寓言"。

我基本认同陈蒲清教授关于寓言的定义和对中国寓言史的分期，并按照这个定义和寓言发展史的大致脉络，从九个角度选取中国古代寓言若干则，加以历史与逻辑相统一的通俗解读，试图展示寓言所折射出的中国文化品格和中华民族独特的心路历程和精神风貌。从叶公好龙到画龙点睛、从守株待兔到按图索骥、从杞人忧天到愚公移山、从庄子寓言到艾子杂说、从歧路亡羊到塞翁失马、从掩耳盗铃到螳螂捕蝉、从狐假虎威到黔驴技穷、从南郭先生到东郭先生、从南橘北枳到病梅馆记，对浩如烟海的中国古代寓言宝库来说，这肯定是九牛一毛、挂一漏万；但是，笔者试图在丛书"九说"的框架下，尽量选取最富有代表性的寓言精品佳作，在有限的篇幅中展示中国寓言作家独特的人文情怀和智慧闪光，以期给读者提供"窥一斑而知全豹"的阅读体验，并产生对中华文化理解基础上的认同和认同前提下的反思，从而为中华民族的振兴积蓄新的精神能量。

值得特别说明的是，本书除收录了"正宗"的中国寓言之外，还特意选收了备受鲁迅先生推崇的《百喻经》故事，不只因为它精彩，更因为这些故事在"中国"寓言史上有着特殊的意义。一是这些故事在随其他佛教典籍一道被译为汉语文之初，就已经过了中国古代知识分子的改造；二是这些故事一经传入，就对中国本土的寓言创作发生了重大影响，并逐渐演化为中国寓言传统的一部分。这也是中华文化海纳百川、兼容并蓄特征的一个侧影。

中国古代寓言的影响是全方位的，在某种意义上甚至可以说，中国古代寓言已成为一种人生教科书，一种世界观的揭示展开。从寓言里，我们可以体味人生，学习做人的道理，理解人与周围事物的关系，懂得历史发展的趋势，领悟到宇宙的无穷奥秘……简而言之，中国古代寓言能给人大智慧，其生生不息的讽喻传统，则时时让我们警醒，让我们会心一笑，让我们幡然悔悟。（夏德元：《寓言式写作：作者与读者的合谋》，《上海文学》，2009年第6期）

本书的编写，从陈蒲清教授的著作中获益良多，还参考了大量的古代典籍和其他专家的研究成果，在此特向他们致以诚挚的谢意。因为学识所限，书中错讹之处一定在所难免，还请读者诸君不吝批评指正。

壹 龙的传说

不知从何时起,中华民族自认为是"龙的传人",这个称号不仅在中国已经深入人心,在世界上也得到了广泛的认同。所以,这本《寓言里的中国》从有关龙的寓言开篇,应该是合适的。

根据有关辞书的说法,龙是我国先民想象中的神物,在综合几种动物形状的基础上,又以想象增加各种修饰而绘成。《辞源》说:"龙是古代传说中的一种善变化能兴云雨利万物的神异动物,为鳞虫之长";《辞海》则说:"龙是古代传说中一种有鳞有须能兴云作雨的神异动物"。当然,也有学者认为龙字最早是指天上的龙星,即角、亢、氐、房、心、尾、箕这七个于夏季夜晚出现在我国东方天空的星宿，又称东方七宿。

稍微了解一点中国文化，就知道龙这一形象已经渗透到了我们精神生活和物质生活的方方面面，不仅是中国人共同的图腾，也是日常生活中不可或缺的文化元素。《易经》六十四卦第一卦乾卦的爻辞，就完全围绕"龙"的不同状态展开：潜龙勿用、见龙在田、飞龙在天、亢龙有悔、群龙无首……这些词汇今天已经到了耳熟能详的地步。

在漫长的封建社会历史上，最高统治者——皇帝被称为真龙天子，要穿龙袍、坐龙椅、睡龙床。隐身于民间草莽的英雄豪杰被称为卧龙，因此诸葛亮在被刘备三顾茅庐请出山之前所待的地方就是卧龙岗。骏马被称为龙马，因此新年祝福语中常祈愿对方有龙马精神。在许多古代建筑中，多以龙为装饰；因此在中国传统建筑中，九龙柱、九龙壁比比皆是。在汉族和许多少数民族的夏历新年习俗中，要舞龙灯。阴历二月初二，号称龙抬头，人们纷纷剃新头以示自己的精神面貌焕然一新。五月端午赛龙舟的习俗，据考证历史十分久远，早在屈原自沉汨罗江之前就已经蔚然成风。旧时参加科举考试叫跃龙门，如今的年轻父母仍然个个望子成龙……

由此可见，龙，确实是我们崇拜的偶像。但是，偶像崇拜与对偶像的追求还不是一回事。好比当今每位家长都希望自己的孩子成龙成凤，可是又有多少家长真的能在孩子的教育上投入足够的心力呢？每个学生都希望能通过考试跃龙门，获得广阔的发展舞台，可是又有多少人肯下苦工夫，来实现自身素质的全面提升呢？每位官员都希望取得好的政绩、赢得好的口碑，可是又有多少官员甘于脚踏实地以为老百姓谋福利而不是靠投机取巧来脱颖而出呢？对这样一些现象，古人早就有了深刻的洞察，并用寓言故事提出了批评。其中最著名的一则寓言故事就是见于我国目录学的鼻祖、西汉文学家刘向《新序》一书中的"叶公好龙"。

刘向，本名更生，字子政，大约出生于公元前77年，卒于公元前6年，享年七十一岁。刘向系汉高祖的弟弟楚元王刘交的四世孙。祖籍秦国泗水郡沛县丰邑

(今属江苏徐州），世代居住在都城长安。

因为显赫的家庭出身，刘向年轻时就被安排做官，后来则因为自己的才学出众，在汉宣帝时被选为儒俊材，曾受皇帝的诏令献赋颂数十篇，官至散骑谏大夫给事中。到汉元帝时，又被提拔为散骑宗正给事中。但是，因为在任上多次上书议论朝政，得罪了权贵，竟两度下狱，被贬为平民，闲居十余年。到汉成帝即位后，他又重新被启用，拜官中郎，后又升迁为光禄大夫，最终官至中垒校尉。在此期间，刘向又多次上书，建议削弱外戚权力，颇受汉成帝嘉许，但也就如此而已。

刘向为人平易朴实，不重威仪，廉洁乐道，潜心学术，昼诵《书》《传》（《尚书》《左传》），夜观星象，常常通宵达旦，因而取得了诸多学术成就，在很多领域都堪称开山鼻祖。据史料记载，刘向学问渊博，曾奉诏整理五经秘书、诸子诗赋近二十年，对古籍的整理保存作出了巨大贡献。他所编撰的《别录》，是中国最早的目录学著作。刘向又集合上古以至秦汉符瑞灾异之记，推衍行事，以类相从，撰成《洪范五行传》十一篇，成为中国最早的灾异史。在文学上，刘向以辞赋和散文见长，在《汉书·艺文志》载有刘向作的赋三十三篇，当然因为各种原因，今天大多散佚，目前只有一篇仿照屈原《九章》而作的《九叹》传世。刘向的散文今存部分奏疏和点校古籍的叙录，著名的有《谏营昌陵疏》和《战国策叙录》，文章家评价他的散文"叙事简约，论理畅达，从容不迫"，对唐宋古文家有一定影响。他还采集汉代以前的史料轶事，撰写成《说苑》《新序》《列女传》，其中有一些很有意义和文学特点的故事，可以说是魏晋小说的先声。

其中，《新序》，是一部以讽谏为政治目的的历史故事类编，是采集舜、禹以至汉代史实，分类编撰而成的一部书。原书三十卷，如今只存十卷，曾由北宋曾巩校订。书中记载了相传是宋玉对楚王问的话，列举了楚国流行歌曲《下里巴人》《阳阿》《薤露》等，说是"国中属而和者数千人"。寓言故事"叶公好龙"即出自这本书的"杂事"篇。

原文是这样的：

一 龙的传说

叶公子高好龙,钩以写龙,凿以写龙,屋室雕文以写龙。于是天龙闻而下之,窥头于牖,施尾于堂。叶公见之,弃而还走,失其魂魄,五色无主。是叶公非好龙也,好夫似龙而非龙者也。

翻译成白话文就是:

叶公十分喜欢龙,衣带钩上画着龙,酒杯上刻着龙,屋里的家具上雕饰的也是龙。天上的真龙看到叶公这样喜欢它,想给他一个惊喜,有一天就从天上下来到了他的家里。因为龙的身体太大,龙头从窗户向屋里探望,龙尾却伸到了厅堂里。

叶公看到真龙,转身就跑,吓得像丢了魂似的,大惊失色,都无法控制自己。

如此看来,叶公其实并不是真的喜欢龙,他喜欢的只不过是那些像龙而不是真龙的东西罢了。这个寓言用虚构的故事,形象生动地讽刺了那些表面喜欢实则十分惧怕某件美好事物,或者徒有理想却不愿身体力行的人。当然,这种表面的喜欢,可以是附庸风雅,可以是随大流的从众，可以是为了达到某种目的使出的一种伪装，也可以是不知天高地厚的不切实际的追求，最终都会因为粗鄙露怯，或者算计落空，或者伪装败露，或者力有不逮而留下笑柄。

梁启超曾在《敬告国人之误解宪政者》一文中，讽刺历代统治者虽然口口声声号称以民为贵，却很少实际施行，恰恰就相当于："叶公好龙，好其是而非者。"毛泽东在《湖南农民运动考察报告》中也说，那些表面上希望民众起来，可是"民众起来了又害怕得要死"的人，"这和叶公好龙有什么两样"！

龙，在中国文化里代表了美好神圣的事物，象征着人人都希望拥有的美好品质，这个民族的优秀文化，乃至这个国家全体人民的美好未来。但是，追求美好事物的过程往往是艰辛的，宝剑锋从磨砺出，梅花香自苦寒来，不愿意付出，不诚信服膺，我们就会离美好越来越远，真的有一天上天眷顾、机会降临，我们也会因为没有准备而吓得落荒而逃。

在历史上，叶公是确有其人的，但历史上的叶公却并不是这样的人。他最著名的功劳是不以怨报德，果断率兵平定了白公胜的叛乱，从而稳定了楚国政权。之后，为了楚国的长治久安，又把职位让给别人，这一让贤之举，被专家们评为不迷权贵、深明大义。

叶公是春秋时楚国王室后裔，芈姓，沈尹氏，名诸梁，字子高。因封地在叶，故称叶公。"叶"在古代是多音字，在用作地名或者姓氏时读作"社"。叶公的曾祖父是春秋五霸之一的楚庄王。秦国出兵击退吴军后，楚昭王把他封到楚国北疆重镇"方城之外"的叶邑为尹。沈诸梁当时年仅二十四岁，就受到了楚国朝野及四境诸侯的敬重。

经考古发掘证实，他主持叶政期间，采取养兵息民、发展农业、增强国力的策略，组织民众修筑了中国现存最早的水利工程，使当地数十万亩农田得以灌溉，这比著名的蜀守李冰修的都江堰早了两百多年，比郑国渠早了三百多年。至今，叶公修筑的东陂、西陂遗址都保存尚好，是叶公治水的历史见证。

根据《周礼》规制，叶公去世后，即被立祠享祭。

叶公的后裔为纪念祖上之德与祖居之地，部分改沈为叶，是为叶姓之源。因此，叶公沈诸梁又是世界叶姓华人公认的始祖。每年清明前后，澧河之滨的叶公墓前，来自海内外的叶姓子孙纷纷回乡祭祖，已成为中原文化旅游的一大景观。

史学专家安国楼博士称，叶公确实有画龙的爱好，"叶公好龙"的故事折射出叶公所在地和所处时代龙文化的丰厚内涵，但是专家们也指出，汉代刘向以叶公为主人公所创作的这一寓言故事，反映出汉代儒家思想走向独尊的地位后，对楚道之风等其他学派的贬斥。

根据儒家经典《论语》的记载，历史上这位"叶公子高"跟孔子不仅同时代，两人之间还有过交往。孔子当时正在周游列国，希望推销自己的治国安邦理论。听说叶公政绩显赫，特地从蔡（现河南新蔡）入叶，希望与叶公探讨治国方略。孔子与叶公认识后，叶公经常请教孔子为政之道，但是没过多久，两人就分道扬镳了，因为通过深入交流，孔子发现两人政见不合。

《论语·子路》说："叶公语孔子曰：吾党有直躬者，

其父攘羊,而子证之。孔子曰:吾党之直者,异于是,父为子隐,子为父隐,直在其中矣。"叶公说,他的家乡有一个正直的人,他父亲偷了羊,他便告发了父亲。孔子说,他的家乡正直的人与叶公子所说的不同:父亲要为儿子隐瞒,儿子要为父亲隐瞒。这才是他所理解的正直。叶公是从法治的角度主张大义灭亲,孔子则是从人情层面反对大义灭亲。到底谁对谁错?粗看似乎都有道理,而且叶公的主张似乎更加理直气壮。但是,按照儒家的观念,人情是更基本的生活逻辑,是社会秩序和国家治理的基石;这个基石动摇了,毁坏了,整个社会就会崩坏。

如果用刘向虚构的故事所蕴含的道理来指摘叶公当年的认识误区的话,似乎也说得通:叶公虽然有一腔治国理政的理想,却终究因为认识局限而没有找到正确的治国之道。或者,他似乎只是隐隐约约地觉得人民应该正直,可是却不知道怎样做才算是真正的正直;遇到为孔子所赞赏的正直行为——父为子隐,子为父隐——他就要害怕了!也许正是因为《论语》记载的这段公案,促使四百年后的刘向在编书时，选择把"叶公子高"作为他寓言的讽刺对象吧。

正如本书前言所交代的，与西方寓言多以各种动物为主角不同，中国的寓言故事多以人为主角，而且还经常假托历史上的真人真事。从某种意义上，正是这样的不同，凸显出中国的寓言更加急切的现实针对性，因而更容易引起读者的共鸣，使得中国寓言形成了十分独特的叙事风格和语言特色，也让许多寓言故事与典故合流，进而沉淀为一种固定的语词组合——汉语成语。比如，叶公好龙这个寓言故事，后来就浓缩为一句成语。前面所引梁启超和毛泽东的话，就是在成语的意义上使用的这则寓言。

一个历史典故、一个寓言故事，一旦浓缩为成语，就大大提高了语言表达的效率；现在已经有越来越多的人认识到，汉语是世界上最精炼的语言，成语的大量存在，是使汉语高度凝练的一个重要因素。

与龙有关的另一个成语——"画龙点睛"也很有名，而这个成语同样来自一则寓言。

唐代画家张彦远在《历代名画记》有这样的记载：

> 张僧繇于金陵安乐寺画四龙于壁，不点睛。每日："点之即飞去。"人以为妄诞，固请点之。须臾，雷电破壁，二龙乘云腾去上天，二龙未点眼者皆在。

这段记载来源于下面的传说。

南北朝时期的梁朝，有位很出名的大画家名叫张僧繇，他的绘画技术很高超。当时的皇帝梁武帝信奉佛教，修建的很多寺庙，都让他去作画。传说，有一年，梁武帝要张僧繇为金陵的安乐寺作画，在寺庙的墙壁上画四条金龙。他答应下来，仅用三天时间就画好了。这些龙画得栩栩如生、惟妙惟肖，简直就像真龙一样活灵活现。张僧繇画好后，吸引很多人前去观看，都称赞画得好，太逼真了。可是，当人们走近一看，就会发现美中不足的是四条龙全都没有眼睛，这不合常理啊！于是大家纷纷要求他，一定要把龙的眼睛点上。张僧繇解释说："给龙点上眼珠并不难，但是点上了眼珠这些龙就会破壁飞走的。"大家听后谁都不相信，认为他这样解释很荒唐，墙上的龙怎么会飞走呢？日子长了，很多人都以为他是在说谎。张僧繇被逼得没有办法，只好答应给龙"点睛"，但是他为了要让庙中留下两条白龙，只肯为另外两条白龙点睛。

这一天，在寺庙墙壁前有很多人围观，张僧繇当着众人的面，提起画笔，轻轻地给两条龙点上眼睛。奇怪的事情果然发生了，他给两条龙点上眼睛后，天空突然乌云密布，狂风四起，雷鸣电闪破墙而入，在雷电之中，人们看见被"点睛"的两条龙凌空而起，张牙舞爪地腾云驾雾飞上了天空。过了一会儿，云散天晴，人们被吓得目瞪口呆，一句话都说不出来了。再看看墙上，只剩下了没有被点上眼睛的两条龙了。

这段颇有些荒诞不经的记载，其实可以看作是一则标准的寓言故事。它向人们揭示了这样一些道理：我们对神圣的事物要保持一种敬畏；或者人们精湛的艺术创造达到了一定的境界，是可以达到超凡入圣的地步的。

后来人们根据这个传说和寓言故事引申出"画龙点

睛"这句成语，比喻说话或写文章，在关键处用上最精辟的一两句话，点明要旨，使整体效果更加传神；这样的话则被称为"点睛之笔"，有使内容更加生动有力的特殊作用。随着人们语言实践的发展变化，这句成语不仅用来形容说话、写文章、绘画等活动的精彩独到之妙处，也可以用来形容人类的一切精神活动和实践活动的精妙创造。

明代张鼐《读卓吾老子书述》有这样一段话："夫一古人之书耳，有根本者下笔鉴定，则为画龙点睛；无根本者妄意标指，则为刻舟记剑。"俞平伯在论说曹雪芹《红楼梦》创作历程艰辛的文章中，把拟好回目比作画龙点睛。他说："以回目言之，笔墨寥寥，每含深意，其暗示读者正如画龙点睛破壁飞去也，岂仅综括事实已耶。"梁思成在《中国的佛教建筑》一文中，对山西洪赵县霍山的两个蒙古统治时代建造的广胜寺建筑群有这样的评述："这两个组群是一个寺院的两部分，一部分在山上叫做上寺，一部分在山下叫做下寺。上寺和下寺由于地形的不同而呈现不同的轮廓线。上寺位置在霍山最南端的尾峰上，利用山脊作为寺的轴线。因此轴线就不是一根直线而随着山脊略有弯曲。在组群的最南端，也就是在山末最南端的一个小山峰上建造了一座高大的琉璃塔。尽管这座琉璃塔是15世纪建成的，却为14世纪的整个组群起了画龙点睛的作用。"

和第一则寓言中的主人公叶公子一样，这则寓言的主人公张僧繇在历史上同样也是确有其人。张僧繇系南北朝时梁代天监年间任武陵王侍郎，直秘阁知画事，历任右军将军、吴兴太守等官职。他一生苦学，"手不释笔，俾夜作昼，未栾倦怠，数纪之内，无须臾之闲"，终成名动当时的知名画家。他擅长画佛像、龙和鹰等，作品多为卷轴画和壁画。根据《宣和画谱》《历代名画记》《贞观公私画史》等书的记载，他曾在金陵一乘寺用讲求明暗、烘托的"退晕法"画"凸凹花"，颇有立体感，可知他已接受了外来的绘画技法。文献里说他作画，"笔才一二、像已应焉"，很像现代的速写，被当时人称为"疏体"。张僧繇的画风对后世的影响很大，唐朝画家阎立本和吴道子都受他影响。此外，他还善于雕塑，有"张家样"之称。

看来，尽管画龙点睛的故事是虚构，但是张僧繇超出同代人，率先掌握了更加科学先进的绘画技法应该是千真万确的。正是从这个意义上，我们是否可以说，从叶公好龙，到画龙点睛，象征着人们的认识活动，从对美好事物的朦胧向往，已经上升到逐步掌握事物发展的规律，能抓住美好事物之所以美好的关键的境界。从叶公好龙，到画龙点睛，记录的是中国人的精神成长史。

说到画龙点睛，我们很容易联想到另一个通常作为它的反义词的成语，那就是同样来自一则著名的寓言故事的"画蛇添足"。与画龙点睛相反，画蛇添足常用来形容人们在创造活动中多余的、不合时宜的、与整体不协调的，乃至损害整体效益，甚而系统崩溃的举动。

画蛇添足的寓言故事，同样出自刘向之手。这则见于刘向所编订的重要典籍《战国策·齐策二》的故事原文是这样的：

> 楚有祠者，赐其舍人卮酒，舍人相谓曰："数人

饮之不足，一人饮之有余，请画地为蛇，先成者饮酒。"一人蛇先成，引酒且饮之，乃左手持卮，右手画蛇曰："吾能为之足。"未成，一人之蛇成，夺其卮曰："蛇固无足，子安能为之足？"遂饮其酒。为蛇足者，终亡其酒。

这个故事说的是，楚国有个搞祭祀活动的人，祭祀完了以后，拿出一壶酒赏给门人们喝。门客们互相商量说："这壶酒大家都来喝则不够，一个人喝则有余。我们各自在地上比赛画蛇，先画好的人就喝这壶酒。"有一个人先把蛇画好了，他拿起酒壶正要喝，却左手拿着酒壶，右手继续画蛇，说："我能够给它画脚。"没等他画完，另一个人已把蛇画成了，一把将酒壶抢过去说："蛇本来是没有脚的，你怎么能给它画脚呢！"然后他便把壶中的酒喝了下去。为蛇画脚的人，最终失去了酒。

当然，这完完全全是架空虚构的故事，在原文中，这个故事是战国时期齐国的纵横家陈轸为劝说楚国大将昭阳从齐国撤军而编造的，但是因为它符合中国儒家所倡导的适可而止、过犹不及的中庸思想，也就是说符合人们所掌握的事物发展规律，所以很有说服力。

陈轸讲这个故事的来龙去脉是这样的：

楚国大将昭阳率楚军攻打魏国，击杀魏将，大破其军，占领了八座城池，又移师攻打齐国。陈轸充任齐王使者去见昭阳，再拜之后祝贺楚军的胜利，然后站起来问昭阳："按照楚国的制度，灭敌杀将能封什么官爵禄位？"昭阳答道："官至上柱国，爵为上执缰"。陈轸接着又问："比这更尊贵的还有什么？"昭阳说："那只有令尹了。"陈轸就说："令尹的确是最显贵的官职，但楚王却不可能设两个令尹！我愿意替将军打个比方。

接着陈轸就讲了上面这个"画蛇添足"的故事。讲完故事后，陈轸继续说道："如今将军辅佐楚王攻打魏国，破军杀将，夺其八城，兵锋不减之际，又移师向齐，齐人震恐，凭这些，将军足以立身扬名了，而在官位上是不可能再有什么加封的。如果战无不胜却不懂得适可而止，只会招致杀身之祸，该得的官爵将不为将军所有，正如画蛇添足一样！"昭阳认为他的话有道理，于是就撤兵回国了。

陈轸果然是个厉害角色，用一个寓言故事挽救了一个国家。他的出色口才不得不令人佩服，但是我们要明白，口才背后其实是他对事物发展规律的深刻认识和对人心的透彻洞察。

不出意外，由这个寓言故事浓缩而成的成语的使用也十分普及。唐代文章大家韩愈的《感春》诗中有这样的诗句："画蛇著足无处用，两鬓雪白趋尘埃。"罗贯中《三国演义》第一百一十回中有这样的对白："将军功绩已成，威声大震，可以止矣；今若前进，倘不如意，正如画蛇添足也。"是蜀将姜维的部下张翼劝谏他的话。只是在书中，姜维并没有听取张翼适可而止的建议，却坚持冒进，最终不仅无功而返，还险些被魏军所虏。有学者甚至认为，正是姜维此次冒进，为蜀国的最终失败埋下了祸根。

蛇是中国寓言故事中经常出现的角色。在中国文化符号中，蛇有时被称为"小龙"，这似乎说明，人们似乎多多少少有把对龙这一虚拟神物的既爱又怕的复杂情感，投射到蛇这一神奇动物身上的倾向。

　　这一节我们讲了与龙有关的两则寓言故事，又附带讲了一则"小龙"的寓言故事，本来可以收笔了。但是，因为龙这一形象在中国文化符号体系中确实太重要了，不仅渗透到了文化的方方面面，以致这一形象本身就构成了一个巨大的隐喻；换言之，龙的形象就是中国文化的寓言。因此，很有必要对中国文化话语体系中龙的寓意作进一步的开掘，以便让我们能更加清晰地体会中国文化的博大精深和神奇绝妙之处。

　　那么，什么样的隐喻最能体现龙文化的神奇绝妙呢？我想到的是有关"龙生九子"的传说故事。龙生九子是中国民间传说中龙生了九个儿子。一般认为，中国传统文化中习惯以"九"来表示多，九又是贵数，所以用来描述龙子，不一定是具体数量。龙生九子的传说应该有漫长的历史，但是已知见于典籍的，最早只能追溯到明代，龙生九子的具体组成也是到了明朝才出现各种明确的说法，如李东阳《怀麓堂集》、杨慎《升庵集》和徐应秋《玉芝堂谈荟》等。

李东阳在《怀麓堂集》里说:"龙生九子不成龙,各有所好。"李东阳所录龙之九子分别是老大囚牛(qiúniú)、老二睚眦(yázì)、老三嘲风(cháofēng)、老四蒲牢(púláo)、老五狻猊(suānní)、老六赑屃(bìxì)或称霸下(bàxià)、老七狴犴(biàn)、老八负屃(fùxì)、老九螭吻(chīwěn)亦作蚩吻或鸱尾(chīwěi)。那么这九子各有什么爱好或习性呢?根据李东阳的梳理,他们的习性分别是:"囚牛,龙种,平生好音乐,今胡琴头上刻兽是其遗像。睚眦,平生好杀,今刀柄上龙吞口是其遗像。嘲风,平生好险,今殿角走兽是其遗像。蒲牢,平生好鸣,今钟上兽钮是其遗像。狻猊,平生好坐,今佛座狮子是其遗像。霸下,平生好负重,今碑座兽足是其遗像。狴犴,平生好讼,今狱门上狮子头是其遗像。赑屃,平生好文,今碑两旁龙是其遗像。蚩吻,平生好吞,今殿脊兽头是其遗像。"

而杨慎所记则与李东阳所记略有不同,杨慎认为龙之九子分别是老大赑屃、老二螭吻或鸱尾、老三蒲牢、老四狴犴、老五饕餮(tāotiè)、老六蚆蝦(bāxià)、老七睚眦、老八狻猊、老九椒图（jiāotú）。

因为九并非实数，所以除了以上两种说法外，还有螭首、麒麟、望天吼、貔貅、龙马等多个龙子。同样出自明代文人的《五杂俎·卷九·物部一》（谢肇淛撰）则说："蒲牢好鸣，囚牛好音，蚩吻好吞，嘲风好险，睚眦好杀，负屃好文，狴犴好讼，狻猊好坐，霸下好负重。此语近世所传，未考所出，而《博物志》九种之外，又有：宪章好囚，饕餮好水，蟋蜴好腥，蚵蚾好风雨，螭虎好文采，金猊好烟，椒图好闭口，蚹蝂好立险，鳌鱼好火，金吾不睡。亦皆龙之种类也。盖龙性淫，无所不交，故种独多耳。"

龙本性善良，人们依照龙儿子的品性，将它们的外形用于装饰。根据各种资料，本人整理了这样一张表格，名称各异的龙子的习性就可一目了然。

名称	喜好	形似	见于
贔屃	负重	龟	驮碑
螭吻	吞	龙头鱼身	建筑的脊梁

续　表

名称	喜好	形似	见于
蒲牢	吼叫	小龙	钟提梁的兽钮
狴犴	诉讼	老虎	狱门或官衙正堂两侧
饕餮	食	凶残野兽	青铜器的面部装饰
螭首	水	龙	排水口、桥柱
睚眦	杀斗	龙首豺身	刀环、剑柄吞口
狻猊	喜烟好坐	狮	香炉脚部、佛座狮子
椒图	闭居、不受打扰	螺蚌	铺首衔环
囚牛	音律	黄色小龙	蹲立于琴头
嘲风	险、远望	凤凰	殿角走兽

总而言之，综合各种说法，人们认为龙这一神物繁衍能力超强，可以和各种动物交配生子，所以其后代也就十分繁茂了。为什么龙生九子，其习性却各个不同呢？我的理解是，诸多龙子各有所好，虽然与它们的生母各异有关，可是这又何尝不是龙的传人希望通过这种象征体系，来寄托龙族兴旺、龙文化基因得以多样化传承的

美好祈愿呢？

中华民族以龙的传人自傲，当然不希望龙族因为遗传基因过于单一而面临灭绝的风险。龙生九子的传说，庶几可以视为象征中国文化丰富多彩、中华民族生生不息的一个大寓言。

贰 农夫与伯乐

在中国长大的孩子，可以说没有一个没听过守株待兔的故事吧。

宋国有个农民，他的田地中有一截树桩。一天，一只跑得飞快的野兔撞在了树桩上，扭断了脖子死了。于是，农民便放下他的农具日日夜夜守在树桩子旁边，希望能再得到一只兔子。

结果似乎不言自明，这个宋国农夫从此再也没有等到第二只撞上树桩的兔子了，而他的这个荒唐行为只落得被全宋国人所耻笑的下场。

这个故事最早出自战国末期思想家、法家的代表人物韩非子的著作。我们先来看看原文是怎么说的：

> 上古之世，人民少而禽兽众，人民不胜禽兽虫蛇。有圣人作，构木为巢以避群害，而民悦之，使王天下，号曰有巢氏。民食果蓏蚌蛤，腥臊恶臭而伤害腹胃，民多疾病。有圣人作，钻燧取火以化腥臊，而民说之，使王天下，号之曰燧人氏。中古之世，天下大水，而鲧、禹决渎。近古之世，桀、纣暴乱，而汤、武征伐。今有构木钻燧于夏后氏之世者，必为鲧、禹笑矣；有决渎于殷、周之世者，必为汤、武笑矣。然则今有美尧、舜、汤、武、禹之道于当今之世者，必为新圣笑矣。是以圣人不期修古，不法常可，论世之事，因为之备。宋有人耕田者，田中有株，兔走触株，折颈而死，因释其耒而守株，冀复得兔，兔不可复得，而身为宋国笑。今欲以先王之政，治当世之民，皆守株之类也。

翻译成白话文就是，在上古时代，人口稀少，鸟兽众多，人民受不了禽兽虫蛇的侵害。这时候出现了一位圣人，他发明在树上搭窝棚的办法，用来避免遭到各种伤害；人们因此很爱戴他，推举他来治理天下，称他为有巢氏。当时人民吃的是野生的瓜果和蚌蛤，腥臊腐臭，伤害肠胃，许多人得了疾病。这时候又出现了一位圣人，他发明钻木取火的方法烧烤食物，除掉腥臊臭味；人们因而很爱戴他，推举他治理天下，称他为燧人氏。到了中古时代，天下洪水泛滥，鲧和他的儿子禹先后负责疏通河道，排洪治灾。近古时代，夏桀和殷纣的统治残暴昏乱，于是商汤和周武王起兵讨伐。如果到了夏朝，还有人用在树上搭窝棚居住和钻木取火的办法生活，那一定会被鲧、禹耻笑了；如果到了殷周时代，还有人要把挖河排洪作为要务的话，那就一定会被商汤、武王所耻笑。既然如此，那么在今天要是还有人推崇尧、舜、禹、汤、武王的政治并加以实行的人，定然要被现代的圣人耻笑了。因此，圣人不期望照搬古法，不死守陈规旧俗，而是根据当前社会的实际情况，进而制定相应的政治措施。如今的统治者，希望用前人的老办法来治理当今的新人，与守株待兔的宋国农夫又有何异！

这么一段文字出现在《韩非子·五蠹》的开篇，作者用大量的史实说明，自然环境和人们的社会实践都发生了巨大的变迁，统治者的社会治理思路和方法也应该跟着变革。能适应时代的发展而实行变革的人，都成为人们敬仰的圣人；如若不然，统治者就会像守株待兔的农夫一样，成为天下耻笑的对象。

那么，韩非子说的五蠹，即败坏社会风气，不利于国家强盛的五种蛀虫是哪五类人呢？"其学者，则称先王之道以籍仁义，盛容服而饰辩说，以疑当世之法，而贰人主之心。其言谈者，为设诈称；借于外力，以成其私，而遗社稷之利。其带剑者，聚徒属，立节操，以显其名，而犯五官之禁。其患御者，积于私门，尽货赂，而用重人之谒，退汗马之劳。其商工之民，修治苦窳之器，聚沸靡之财，蓄积待时，而侔农夫之利。此五者，邦之蠹也。"

用今天的话说，韩非子所说的五蠹就是这样五类人：那些著书立说的人，称引先王之道来宣扬仁义道德；讲究仪容服饰而文饰巧辩言辞,用以扰乱当今的法令,从而动摇君主的决心。那些纵横家们,弄虚作假,招摇撞骗,借助于国外势力来达到私人目的,不惜抛弃国家利益。那些游侠刺客,聚集党徒,标榜气节,以图显身扬名,结果触犯国家禁令。那些逃避兵役的人,大批依附权臣贵族,肆意行贿,而借助于重臣的请托,逃避服兵役的劳苦。那些工商业者,制造粗劣器具,积累财富,囤积居奇,希图从农民身上牟取暴利。

最后,韩非子声称,君主如果不除掉这五种像蛀虫一样的人,不网罗品行端正的人,那么,天下即使出现破败沦亡的国家,地分国灭的朝廷,也就不足为怪了。

从这段主张中,我们就看出守株待兔这则寓言的深刻寓意了。它要讽刺的,正是被五种人所祸乱的人心,尤其是农人之心。他认为,国家的良好风气,国家的长治久安,都建立在稳定的农耕文化基础之上,其他各色人等,除了像他自己这样的耿介之士外,都无异于社会的蛀虫。从这则寓言中韩非子的理直气壮,可见以农业立国、重农轻商的思想有多么悠久!

不得不说，中华文明之所以能经数千上万年的发展变迁而没有断续地传承至今，中国先民对农耕技术的精熟和依托这种先进的农耕文明所建立起来的稳定的文化传统直接相关。中华文明臻于化境的农耕艺术的独特魅力和强大的包容性，使其始终保持着旺盛的生命力。在有文字记载的中华文明数千年发展历程中，也遭受过外来文明的冲击，也经历过游牧民族的侵夺，但是，最终，几乎所有的外来文明都被其同化，从而不仅是中国的文化在全球范围内的影响越来越大，甚至也让中国的国土疆域越来越辽阔。

在这则寓言里，守株待兔似乎暗示农人是受了牧人（许多演绎的版本真的将猎人的角色脑补进来了）"不劳而获"的蛊惑，才在树桩下傻傻地等的；丢掉上好农田不耕种任其荒芜，而指望野兔撞上来，也是舍本逐末。

当然，守株待兔要讽刺的，主要还是因循守旧的刻板和不知变通的保守；正是在这个意义上，我们今天习惯于将被浓缩为成语的"守株待兔"与另一个同样来自先秦寓言的成语"刻舟求剑"交替使用，换言之，我们一般将刻舟求剑和守株待兔视为"同义词"。

刻舟求剑是《吕氏春秋》中记述的一则寓言,说有个楚国人,坐船渡河时不慎把剑掉入河中,他在船上用刀刻下记号,说:这是我的剑掉下去的地方。当船停下时,他沿着记号跳入河中找剑,遍寻不获。自然,船已经不知走了多远了,而剑还在先前掉下去的地方,这样找剑,如果还能找到那就怪了!

《吕氏春秋》,亦名《吕览》,为战国末期秦相吕不韦集合门客所编写,是杂家代表著作,大约成书于秦始皇八年(前239)。全书二十六卷,内分十二纪(每纪五篇,外加序意一篇),八览(每览八篇,首览少一篇),六论(每论六篇),共一百六十篇,二十余万言。该书内容以儒、道思想为主,兼及名、法、墨、农及阴阳各家言论和主张。汇合先秦诸子各派学说,目的在于为当时秦国统一天下,治理国家提供思想武器。吕不韦及其门客在议论中引证了许多古史旧闻和有关天文、历数、音律等方面的知识,有几篇还保存了先秦农学的片段,对于先秦的学术研究,是一部重要的参考资料。而文章在说理的过程中，则经常用精妙的比喻和精彩的寓言故事来论证，因而十分生动有力。

这则寓言出自《吕氏春秋·慎大览·察今》。"察今"的题意，即制订法令制度必须考察当今的实际情况，它体现了当时法家因时变法的治国理念。

原文是这样的：

> 楚人有涉江者，其剑自舟中坠于水，遽契其舟，曰："是吾剑之所从坠。"舟止，从其所契者入水求之。舟已行矣，而剑不行，求剑若此，不亦惑乎？

吕不韦是在什么语境下讲述这个故事的呢？我们来看上下文。

"察今"开篇道："上胡不法先王之法，非不贤也，为其不可得而法。先王之法，经乎上世而来者也，人或益之，人或损之，胡可得而法？虽人弗损益，犹若不可得而法。东夏之命，古今之法，言异而典殊，故古之命多不通乎今之言者，今之法多不合乎古之法者。殊俗之民，有似于此。其所为欲同，其所为欲异。口慴之命不愉，若舟车衣冠滋味声色之不同，人以自是，反以相诽。天下之学者多辩，言利辞倒，不求其实，务以相毁，以胜为故。先王之法，胡可得而法？虽可得，犹若不可法。"

用现代的话来说，高明的统治者为什么不效法先王的法令呢？不是因为先王的法令不好，而是因为不能效法它。先王的法令，经过了若干世纪，中途经过了几代人的增删修改，怎么可能原原本本地拿来用呢？即使没有经过增删修改，还是不能效法它。少数民族和中原的法令，古今的法令，言辞不同而内容也不相同，所以古代的名称和现在的说法也不一样，当今的法令也多不符合古代的法令。人民的习俗不同，适合的法令也会不同。人们的欲望类似，但满足欲望的途径却千差万别。人们之间口音各异，相互很难沟通，这也叫人郁闷；就像人们对交通工具、衣冠服饰、食物的滋味、美的观念都各有所好，互相看不惯是常事。天下的学者多能辩说，花言巧语，不追求实效，而追求相互诋毁，以取胜为目的。

二 农夫与伯乐

这样的话，所谓先王的法令又到哪里去找？即使能够找到，还是不能效法吧。

一言以蔽之，吕氏说这番话，又讲了这则寓言，意思再明确不过了，就是大到国家的治理，小到生产生活的管理，都不能墨守成规，而要与时俱进，始终抱着古代先贤的教导不放，一切从本本出发、从教条出发，既有害无益，也是完全不现实的。

不得不说，这一思想认识已经很有高度了，虽然其出发点是为君王的统治出主意，但是客观上对社会的长治久安和百姓的福祉也是有益的。

守株待兔多少带有重农主义的感情色彩，刻舟求剑似乎在传达他那番大道理的同时，不经意间揶揄了一把整日佩剑游荡的侠客。可见，吕氏和韩非，在选择讽刺对象时还是颇有几分相似的。

还有一个成语古人早就跟刻舟求剑并列使用了，那就是意思颇有些接近的"按图索骥"，意思是指按照图上画的样子去寻找良马，比喻墨守成规。

东汉班固所撰《汉书·梅福传》有这样的话："今不

循伯者之道，乃欲以三代选举之法取当时之士，犹察伯乐之图，求骐骥于市，而不可得，亦已明矣。"

根据班固这篇传记的介绍，梅福字子真，九江寿春人，为人耿介。他年轻时在长安求学，通晓《尚书》《谷梁春秋》，担任郡中文学，补缺成为南昌尉。后来辞官回寿春，多次通过县道驿使，上书谈论非常事件，又求借驿车，到天子所在地分条对答紧急政事，没有被采纳。这时成帝将政务委任给大将军王凤，王凤专权独揽，操纵朝政，而京兆尹王章平素忠诚直爽，讥讽王凤，被王凤杀害。王凤势力越来越大，灾异屡次出现，群臣没有人敢说直话。

就在这时，梅福又给皇上上书，系统批评朝廷的用人制度，主张实行所谓伯（霸）道，大胆用人，尤其是像他这样敢做敢当的人才，而不要用陈旧过时的人才观去选人。时代发展了，汉朝的开国者超越秦王的暴政也有年月了，如果还是希望用夏商周三代的选人方法来选拔当今社会需要的人才，那就像拿着伯乐的骏马图，到街上寻找千里马一样，很显然，这是不可能找到的。

显然，在这里，按图索骥这一成语尚未成型，但是已经用非常精炼的语言，构拟了一个妙喻，为后人从中提炼语汇奠定了基础。

"按图索骥"作为成语最早见于元代袁桷《清容居士集·示从子瑛》（"隔竹引龟心有想，按图索骥术难灵"）、明代赵汸《葬书问对》（"每见一班按图索骥者，多失于骊黄牝牡"）等诗文。

而作为寓言故事，则见于明代文学家杨慎的《艺林伐山·卷七》：

> 伯乐《相马经》有"隆颡、蚨目、蹄如累麹"之语，其子执《相马经》以求马，出见人蟾蜍，谓其父曰："得一马，略与相同，但蹄不如累麹尔！"伯乐知其子之愚，但转怒为笑曰："此马好跳，不堪御也。"

翻译成白话文就是这样的：

伯乐在他写的《相马经》书里有"额头高、眼睛亮、蹄子大，就是好马"的说法。一次，伯乐的儿子拿着《相马经》去认马。他一出门就看见一只癞蛤蟆，于是赶忙抓了回来拿到伯乐面前说："爹爹，您看，我找到了一匹好马，其他条件都与您说的千里马的标准差不多，只是蹄子有点不够大！"伯乐知道儿子很笨，被他气得笑了起来，说："马是好马，只是这马太爱跳了，恐怕很难驾驭啊！"

这个故事写得十分生动传神，富有戏剧色彩；换言之，与其说是寓言，更像是一个笑话！

写到这里，我们又不得不讲到中国寓言发展的一个规律，那就是由古及今，寓言故事的基调，有趋于转向诙谐幽默的倾向。也就是说，同为讽喻，古代的寓言故事，喻理的意味盖过讽刺的成分；而越到晚近，则是讽刺的成分要大于喻理。

当然，按图索骥比之守株待兔和刻舟求剑，似乎更多了一份试图用某种理论认知来指导实践活动的意味，所以，这个成语渐渐地也从一个纯粹的贬义词，演变为一个中性词，甚至含有褒义——比喻按照明确的线索去寻找事物，更易于获得。

关于如何用现成的理论知识来指导实践，同样以相马为喻，其实古人早已创作出经典的寓言文本了，这就是见于《列子·说符》的"九方皋相马"：

秦穆公谓伯乐曰："子之年长矣，子姓有可使求马者乎？"

伯乐对曰："良马可形容筋骨相也。天下之马，若灭若没，若亡若失。若此者绝尘弭辙。臣之子，皆下才也，可告以良马，不可告以天下之马也。臣有所与共担纆薪菜者，有九方皋，此其于马非臣之下也，请见之。"

穆公见之，使行求马。三月而反报曰："已得之矣，在沙丘。"

穆公曰："何马也？"对曰："牝而黄。"

使人往取之，牡而骊。穆公不说，召伯乐而谓之曰："败矣！子所使求马者，色物、牝牡尚弗能知，又何马之能知也？"

伯乐喟然太息曰："一至于此乎！是乃其所以千万臣而无数者也。若皋之所观，天机也。得其精而忘其粗，在其内而忘其外。见其所见，不见其所不见；视其所视，而遗其所不视。若皋之相者，乃有贵乎马者也。"

马至，果天下之马也。

这则寓言虽然我们许多人在中学就学过，语言十分清通，但为了体例统一，还是把白话译文也放在这里：

秦穆公召见伯乐说："您的年纪大了！您的家族中有谁能够继承您寻找千里马呢？"

伯乐回答道："对于一般的良马，可以从其外表上、筋骨上观察得出来。而那天下难得的千里马，好像是若有若无，若隐若现。像这样的马奔跑起来，让人看不到飞扬的尘土，寻不着它奔跑的足蹄印儿。我的孩子们都是才能低下的人，对于好马的特征，我可以告诉他们，对于千里马的特征，那只能意会，不可言传，仅凭自己相马的经验来判断，他们是无法掌握的。不过，在过去同我一起挑过菜、担过柴的人当中,有一个名叫九方皋的人,他的相马技术不在我之下,请大王召见他吧。"

于是秦穆公便召见了九方皋,叫他到各地去寻找千里马。

九方皋到各处寻找了三个月后,回来报告说:"我已经在沙丘找到好马了。"秦穆公问:"那是什么样的马呢?"九方皋回答:"那是一匹黄色的母马。"

于是秦穆公派人去取,却是一匹黑色的公马。这时候秦穆公很不高兴,就把伯乐叫来,对他说:"坏了!您推荐的人连马的毛色与公母都分辨不出来,又怎么能认识出千里马呢?"

伯乐这时长叹一声说道:"九方皋相马竟然达到了这样的境界!他真是高出我千万倍。像九方皋看到的是马的天赋和内在素质。深得它的精妙,而忘记了它的粗糙之处;明悉它的内在,而忘记了它的外表。九方皋只看见所需要看见的,忽略了他所不需要看见的;只观察他所需要观察的,而遗漏了他所不需要观察的。九方皋相马的价值,远远高于千里马的价值!"

把马从沙丘牵回来后，果然是名不虚传的、天下少有的千里马。

"伯乐"本是天上管理马匹的神仙的名字。在人间，人们把精于鉴别马匹优劣的人，也称为伯乐。历史上第一个被称作伯乐的人本名孙阳，也就是这则寓言故事里的主人公。他是春秋中期郜国（今山东省菏泽市成武县）人。由于他对马的研究非常出色，人们便忘记了他本来的名字，干脆称他为伯乐。

春秋时期，随着生产力的发展和军事的需要，马的作用已越来越重要。当时人们已将马分为六类，即种马（繁殖用）、戎马（军用）、齐马（仪仗用）、道马（驿用）、田马（狩猎用）、驽马（杂役用），养马、相马遂成为一门重要学问。孙阳就是在这样的历史条件下，选择了相马作为自己终生不渝的事业。孙阳从事相马这一职业时，还没有相马学的经验著作可资借鉴，只能靠比较摸索、深思探究去发现规律。孙阳学习相马十分专注，《吕氏春秋·精通》说："孙阳学相马，所见无非马者，诚乎马也。"

少有大志的孙阳，认识到在地面狭小的郜国难以有所作为，就离开了故土。历经诸国，最后西出潼关，到达秦国，成为秦穆公之臣。当时秦国经济发展以畜牧业为主，多养马。特别是为了对抗北方牧人剽悍的骑士，秦人组建了自己的骑兵，故对养育马匹、选择良马非常重视。

孙阳在秦国富国强兵中立下了汗马功劳，并以其卓著成绩得到秦穆公信赖，被秦穆公封为"伯乐将军"，随后以监军少宰之职随军征战南北。伯乐在工作中尽职尽责，在做好相马、荐马工作外，还为秦国举荐了九方皋这样的能人贤士，传为历史佳话——这也是寓言故事"九方皋相马"的来历。

这个故事太精彩了！作者通过人物的精彩对话和情节的丰富展开，说明了一个深刻的道理，那就是我们在考察人、事、物的时候，不必拘泥于细节，要善于把握大局，不要为表面现象所迷惑，要能透过现象看到本质。

《列子》又名《冲虚经》，是古代道家的一本经典，一般认为成书于公元前450年至前375年。列子即列御寇，据说能御风而行，战国前期思想家，是老子和庄子之外的又一位道家思想代表人物，他的学说本于黄帝、老子，主张清静无为。现在流传的《列子》一书，在先秦曾有人研习过，但可能曾毁于秦始皇焚书之火，在汉代刘向整理《列子》时，只能找到八篇。该书在西汉时仍盛行，但到西晋时又遭永嘉之乱，残缺不全。据说其后经由东晋学者张湛搜罗整理加以补全。

《列子》是中国古代思想文化史上著名的典籍，是列子、列子弟子以及列子后学著作的汇编。

属于诸家学派著作，是一部智慧之书，它能开启人们心智，给人以启示，给人以智慧全书八篇，一百四十章，由哲理散文、寓言故事、神话故事、历史故事组成。而基本上则以寓言形式来表达精微的哲理。共有神话、寓言故事一百零二个。如《黄帝篇》有十九个，《周穆王篇》有十一个，《说符篇》有三十个。这些神话、寓言故事和哲理散文，篇篇闪烁着智慧的光芒。《列子》的每篇文字，不论长短，都自成系统，各有主题，反映睿智和哲理，浅显易懂，饶有趣味，只要我们逐篇阅读，细细体会，就能获得教益。有学者认为，《列子》完全可以与古希腊的《伊索寓言》相媲美，但在意境上则远超《伊索寓言》。

关于伯乐相马的相马实践，还有这样一个传说。

据说有一次，伯乐受楚王的委托，购买能日行千里的骏马。伯乐向楚王说明，千里马很稀有，找起来不容易，需要到各地巡访，但请楚王不必着急，他尽力将事情办好，将马找到。伯乐跑了好几个国家，连素以盛产名马的燕赵一带，都仔细寻访，辛苦至极，却还是没发现中意的良马。一天，伯乐从齐国返回，在路上，看到一匹马拉着盐车，很吃力地在陡坡上行进。马累得呼呼喘气，每迈一步都十分艰难。伯乐对马向来亲近，不由得走到马的跟前。马见伯乐走近，突然昂起头来瞪大眼睛，大声嘶鸣，好像要对伯乐倾诉什么。伯乐立即从声音中判断出，这是一匹难得的骏马。伯乐对驾车的人说："这匹马在疆场上驰骋，任何马都比不过它，但用来拉车，它却不如普通的马。你还是把它卖给我吧。"

驾车人心里明白自己的马太普通了，拉车没气力，吃得太多,骨瘦如柴,就毫不犹豫地同意了。伯乐牵走千里马,直奔楚国。伯乐牵马来到楚王宫,拍拍马的脖颈说:"我给你找到了好主人。"千里马像明白伯乐的意思,抬起前蹄把地面震得咯咯作响,引颈长嘶,声音洪亮,如大钟石磬,直上云霄。楚王听到马嘶声,走出宫外。伯乐指着马说:"大王,我把千里马给您带来了,请仔细瞧瞧。"楚王一见伯乐牵来的马瘦得不成样子,认为伯乐愚弄他,有点不高兴,说:"我相信你会看马,才让你买马,可你买的是什么马呀,这马连走路都很困难,能上战场吗?"

伯乐说:"这确实是匹千里马,不过拉了一段车,又喂养不精心,所以看起来很瘦。只要精心喂养,不出半个月,一定会恢复体力。"

楚王一听,有点将信将疑,便命马夫尽心尽力把马喂好,果然,半个月后马变得精壮神骏。楚王跨马扬鞭,但觉两耳生风,喘息的工夫,已跑出百里之外。后来千里马为楚王驰骋沙场,立下不少功劳。楚王对伯乐也更加敬重。

伯乐经过多年地实践、潜心地研究，取得了丰富的相马经验，并在此基础上进行了系统地总结整理。他搜求资料，反复推敲，终于写成中国历史上第一部相马学著作——《伯乐相马经》。书中有图有文，图文并茂，长期被相马者奉为经典。据说《伯乐相马经》在隋唐时代影响颇大。后虽失传，但蛛丝马迹在诸多有关文献中仍隐隐可见：《新唐书·艺文志》载有《伯乐相马经》一卷；明人张鼎思著《琅琊代醉编·伯乐子》和杨慎著《艺林伐山》中均有大致相同的记载。这本《伯乐相马经》，则是寓言故事"按图索骥"的来历。

从守株待兔，到按图索骥，到伯乐相马，再到九方皋相马，预示着中华文明已渐渐由一个纯农耕文明，向半农耕、半畜牧业文明过度，马作为中华文化的一个重要符号，日益普及，以马为主角的寓言故事和成语典故比比皆是，诸如"刀枪入库马放南山""塞翁失马焉知非福""老马识途""一马当先"等，不胜枚举。

中华文明史又翻开了新的一页。

叁 杞人和愚公

这里说的杞人和愚公，即两篇寓言故事杞人忧天和愚公移山的主人公，这两篇寓言均出自《列子》一书。前文已经说过，《列子》中的寓言，不仅可以与古希腊《伊索寓言》相媲美，而且在意境上更胜一筹。列子不仅最早提出了宇宙生成四阶段思想；《列子》中的"天体运动说""地动说""宇宙无限说"等学说，都远远早于西方的同类学说；而且开创了融寓言与哲理为一体的先秦散文文风。这一点，在这两篇寓言作品中体现得更明显。

　　杞人忧天的寓言故事，出现在《列子》的开篇——《天瑞》篇。作为开篇，所谓天瑞，意谓天地之灵瑞，自然之规律，即文中提到的"不生不化者"。列子认为，世间万物皆有始有终，唯有"不生不化者"，亦即"道"，才能够循环往复，独立永存。所谓"不生不化者"是世界产生与变化的本源，它最初无形无象，历经大易、太初、太始、太素四个阶段，形成"浑沦"，再自"视之不见，听之不闻，循之不得"的"易"衍变为有形的"一"，最终生成天地万物。一切缘自"道"，然而却并非"道"有意为之，天地万物只是自然而然地变化运转，生息盈亏。

《天瑞》篇寓言故事与议论迭出，说理透彻，妙趣横生，揭示了有形之物诞生、消亡，其暂行于世而终归虚无的道理。人生同样如此——从婴孩、少壮、老耄直至死亡，性命本非吾有，生死不过往来。许多人认为"列子贵虚"，但依《天瑞》篇可知，列子自认"虚者无贵"：彻底的虚，必定有无皆忘，消融了所有差别，也就无所谓轻重贵贱。万物自天成，盗者本无心，光阴若逆旅，生死不及情，是为《天瑞》大意，亦即《列子》全书的要旨。

今天，由杞人忧天这则寓言浓缩而成的成语，一般被解释为"没有根据的忧虑和担心"，而这则寓言，也被认为是对"总是去忧虑那些不切实际的事物"的人们的讽刺。其实，如果完整地读过《列子·天瑞》开篇这个寓言故事，我们就会得出不一样的结论。

我们且来看看杞人忧天寓言故事的原貌：

> 杞国有人忧天地崩坠，身亡所寄，废寝食者。又有忧彼之所忧者，因往晓之，曰："天，积气耳，亡处亡气。若屈伸呼吸，终日在天中行止，奈何忧崩坠乎？"其人曰："天果积气，日月星宿，不当坠耶？"晓之者曰："日月星宿，亦积气中之有光耀者，只使坠，亦不能有所中伤。"其人曰："奈地坏何？"晓者曰："地积块耳，充塞四虚，亡处亡块。若躇步跐蹈，终日在地上行止，奈何忧其坏？"其人舍然大喜，晓之者亦舍然大喜。长庐子闻而笑之曰："虹蜺也，云雾也，风雨也，四时也，此积气之成乎天者也。山岳也，河海也，金石也，火木也，此积形之

成乎地者也。知积气也，知积块也，奚谓不坏？夫天地，空中之一细物，有中之最巨者。难终难穷，此固然矣；难测难识，此固然矣。忧其坏者，诚为大远；言其不坏者，亦为未是。天地不得不坏，则会归于坏。遇其坏时，奚为不忧哉？"子列子闻而笑曰："言天地坏者亦谬，言天地不坏者亦谬。坏与不坏，吾所不能知也。虽然，彼一也，此一也，故生不知死，死不知生；来不知去，去不知来。坏与不坏，吾何容心哉？"

照例翻译如下：

杞国有个人担忧天会塌下来，地会陷下去，自己的身体无处可藏，因而睡不着觉，吃不下饭。又有一个担忧那个怕天塌地陷之人的人，于是前去向他解释，说："天是气的积聚，无处没有气。就像你弯腰挺身、呼气吸气，整天在天空中生活，为什么要担忧它崩塌下来呢？"那人说："天果真是气的积聚，那日月星辰不会掉下来吗？"向他解释的人说："日月星辰，也是积聚起来的气中有光辉的物体，即使掉下来，也不会伤害什么。"那人说："地陷下去怎么办呢？"解释的人说："地是土块的积聚，充满了四方空间，无处没有土块。就像你停走踩踏，整天在地上生活，为什么要担忧它陷裂下去呢？"那人放下心来，十分高兴；那个为他担心的人也放下心来。长庐子听说后笑着说："虹霓呀，云雾呀，风雨呀，四季呀，这些是气在天上积聚而形成的。山岳呀，河海呀，金石呀，火木呀，这些是有形之物在地上积聚而形成的。知道它们是气的积聚，是土块的积聚，为什么说它不会毁坏呢？天地是宇宙中的一个小物体，但却是有形之物中最巨大的东西。难以终结，难以穷究，这是必然的；难以观测，难以认识，也是必然的。担忧它会崩陷，确实离正确的认识太远；说它不会崩陷，也是不正确的。天地不可能不毁坏，最终总会毁坏的。遇到它毁坏时，怎么能不担忧呢？"列子听到后，笑着说："说天地会毁坏的意见是荒谬的，说天地不会毁坏的意见也是荒谬的。毁坏与不毁坏，是我们不可能知道的事情。即使这样，毁坏是一种可能，不毁坏也是一种可能，所以出生不知道死亡，死亡不知道出生；来不知道去，去不知道来。毁坏与不毁坏，我为什么要放在心上呢？"

看看，是不是既生动传神，又充满了智慧？事实上，这篇寓言恰恰反映了我国先秦自然科学在宇宙形成理论上的最高水平，而且哲思精妙，理趣丰沛，不得不令人佩服。

完整地看这则寓言，我们便知，杞人忧天，是人们探索宇宙奥秘的智慧之旅的开端；没有对天崩地陷的忧思，就没有追寻宇宙奥秘的动力，没有对我们从哪里来、会向哪里去的哲学思辨，更不可能有今天早已实现了的人类探月工程、飞天计划乃至星际移民的畅想。我们现在所推崇的既要脚踏实地，又要仰望星空，原来古人早就开始这样想、这样做了。

我们前面说过，与西方寓言多以动物为主角不同，中国寓言的一大特点是，往往以人为主角。不仅如此，中国寓言中的许多作品，其人物的言行可能是虚构，但这些人物本身，则往往能从现实生活中找到其原型；换言之，中国寓言多半不是向壁虚构，而是与现实世界高度呼应的。这篇寓言也不例外。

为什么在这个故事里，忧天的是杞人，而不是宋人、楚国人呢？因为历史上杞人的祖先真的遭受过"天地崩坠"的灾难。当时的杞人之忧，无异于历史记忆留在他们心中挥之不去的阴影。

事情是这样的：春秋战国时期，有许许多多小国，有一个名曰杞国的小国，生活在泰山东南方向不远的地方，即现在的泰安市。泰安市宁阳县有个堽城镇，根据署名为"豆子"的"知乎"用户考证，在堽城镇，至今仍有一座山叫落星山，落星山旁边的村子就叫落星村。为什么叫这个名字呢？原来，据《左传》记载，这里确实曾有流星陨落，并引发巨大的灾难。《左传·鲁庄公七年》记录说（前687年）："夏，四月，辛卯，夜，恒星不见，夜中星陨如雨。"不错，有一批颗流星砸到了杞国，其中最大一块陨石降落的地方，就是今天的落星山。这场流星雨带来的后果是杞国半国被砸，房屋焚毁，大火连续烧了三个月，可以说给杞人带来了灭顶之灾。由于无法在此继续生存下去，幸存者集体搬迁到了河南的一个地方，后来这个地方改名叫了杞县。因为杞国人实在无法忘怀家园被砸亲人离去的惨痛，大概整日里表现出神经质般的惊恐，所以备受嘲笑；最终又选择搬迁到了山东半岛的昌乐、安丘（属于今天的潍坊）。

由此可见，杞人之忧，可以说是灾难所造成的心理创伤，不仅不应成为嘲笑的对象，而且是值得同情的。从大的历史尺度上看，杞人之忧既是经验的总结，也是对未来的警醒。正如清代诗人邵长蘅在强调守城以常备不懈为要的《守城行》一诗中所言："战舰还防扬子渡，游兵已围太平府。纵令消息未必真，杞人忧天独苦辛。即防此辈易激变，盗贼往往皆良民。"

孔子曰："人无远虑，必有近忧。"孟子认为，人只有经受艰苦的磨练和困惑的考验，方知"生于忧患，死于安乐"的道理。

中国近代启蒙思想家郑观应在《〈盛世危言〉自序》中则说："窃愿比诸敢谏之木，进善之旌，俾人人洞达外情，事事讲求利病。如蒙当世巨公，曲谅杞人忧天之愚，正其偏弊，因时而善用之，行睹积习渐去，风化大开，华夏有磐石之安，国祚衍无疆之庆，安见空言者不可见诸行事，而牛溲马勃，毋亦医国者所畜为良药也欤！"在这里，把自己的忧国忧民之心比喻为杞人忧天，把自己的真知灼见比喻为牛尿马粪，显然是一种欲扬故抑的自谦之词。

从这个意义上，杞人忧天确实有一种启人心智、发蒙振落的启蒙意义。

反过来，正因为千百年来，人们多半把"杞人忧天"当作笑话来看，而没有认识到寓言背后的深深的忧思，因而也没有从历史惨剧中吸取教训，所以才屡屡出现在灾难发生时猝不及防、手足无措的窘境。

2019年春节期间，中国人自己编剧、拍摄的第一部真正的硬科幻电影《流浪地球》上映。这部影片以未来的某一天太阳即将恶性膨胀从而导致地球将不适于人类生存为背景，假想了人类如何带着地球冲出太阳系的故事，因为场景"过于真实"而颇具震撼力，并立即在全球范围内引起了巨大的反响。

在众多赞扬这部影片的网络爆文中，有一篇的标题是:《愚公移山,流浪地球》,该文直言,流浪地球,无异于愚公移山版的《星际穿越》,或曰宇宙的愚公移山!

跟杞人忧天不一样,愚公移山的故事是我们从小就得到了完整了解的。

太行、王屋二山,方七百里,高万仞,本在冀州之南,河阳之北。

北山愚公者,年且九十,面山而居。惩山北之塞,出入之迂也。聚室而谋曰:"吾与汝毕力平险,指通豫南,达于汉阴,可乎?"杂然相许。其妻献疑曰:"以君之力,曾不能损魁父之丘,如太行、王屋何?且焉置土石?"杂曰:"投诸渤海之尾,隐土之北。"遂率子孙荷担者三夫,叩石垦壤,箕畚运于渤海之尾。邻人京城氏之孀妻有遗男,始龀,跳往助之。寒暑易节,始一反焉。

河曲智叟笑而止之曰:"甚矣,汝之不惠!以残年余力,曾不能毁山之一毛,其如土石何?"北山愚公长息曰:"汝心之固,固不可彻,曾不若孀妻弱子。虽我之死，有子存焉；子又生孙，孙又生子；子又有子，子又有孙；子子孙孙无穷匮也，而山不加增，何苦而不平？"河曲智叟亡以应。

操蛇之神闻之，惧其不已也，告之于帝。帝感其诚，命夸娥氏二子负二山，一厝朔东，一厝雍南。自此，冀之南，汉之阴，无陇断焉。

翻译成白话文是这样的：

太行、王屋两座山，方圆七百里，高七八千丈，本来在冀州南边，黄河北岸的北边。

北山下面有个名叫愚公的人，年纪快到九十岁了，在山的正对面居住。他苦于山区北部的阻塞，出来进去都要绕道，就召集全家人商量说："我跟你们尽力挖平险峻的大山，使道路一直通到豫州南部，到达汉水南岸，好吗？"大家纷纷表示赞同。他的妻子提出疑问说："凭你的力气，连魁父这座小山都不能削平，能把太行、王屋怎么样呢？再说，往哪儿搁挖下来的土和石头？"众人说："把它扔到渤海的边上，隐土的北边。"于是愚公率领儿孙中能挑担子的三个人上了山，凿石头，挖土，用箕畚运到渤海边上。邻居京城氏的寡妇有个孤儿，刚七八岁，蹦蹦跳跳地去帮助他。冬夏换季，才能往返一次。

河湾上的智叟讥笑愚公，阻止他干这件事，说："你简直太愚蠢了！就凭你残余的岁月、剩下的力气连山上的一棵草都动不了，又能把泥土石头怎么样呢？"北山愚公长叹说："你的心真顽固，顽固得没法开窍，连孤儿寡妇都比不上。即使我死了，还有儿子在呀；儿子又生孙子，孙子又生儿子；儿子又有儿子，儿子又有孙子；子子孙孙无穷无尽，可是山却不会增高加大，还怕挖不平吗？"河曲智叟无话可答。

握着蛇的山神听说了这件事，怕他没完没了地挖下去，就向天帝报告了。天帝被愚公的诚心感动，命令大力神夸娥氏的两个儿子背走了那两座山，一座放在朔方的东部，一座放在雍州的南部。从此以后，冀州的南部直到汉水南岸，就再也没有高山阻隔了。

见于《列子·汤问》的这则寓言，叙述了愚公不畏艰难，坚持不懈，挖山不止，最终感动天帝而将山挪走的故事。作品通过愚公的一往无前与智叟的瞻前顾后，以及"愚"与"智"的对比，表现了中国先民披荆斩棘、筚路蓝缕的开拓精神和为改善生活、扩大生存空间而不畏艰险奋斗不止的决心与勇气，也蕴含着人的力量虽小而人的意志却足以感天动地的深刻寓意。

战国时期是一个社会大变革的时期，同时也是学术思想百家争鸣的时期。寓言作为诸子散文的重要组成部分，成为了战国诸子阐明各自的政治观点、学术思想以及进行论辩的有力武器。《列子》即是在这样一个时代背景下，所产生的寓言和神话故事集。

《汤问》一篇，笔锋横扫天下，尽显天地至理。文中载有诸多超逸绝尘的神话传说，极言天地之广阔无垠，万物之繁荣驳杂，以期突破世人囿于视听的浅陋常识，消除种种流于表象的巨细、长短、同异分歧，列子先借由殷汤与夏革的对话，畅谈时空的无极无尽，并且难能可贵地表达了"天地亦物"的宇宙观；再通过大禹和夏革的两段言论，说明自然界的生息变幻以及人世间的寿夭祸福都是无所待而成、无所待而灭，即使博学多识的圣人也未必能够通晓其中的规律与奥秘。就好比四方八荒的政风民俗，彼此相异却未足为奇，因为它们都是在不同的人文地理环境下"默而得之，性而成之"，属于自然而然的产物，万事万物既然不可以凭借有限的耳闻目见来臆断其是非有无，那么通达大道的至理名言自然也无法按照惯常思维去理解其深刻内涵。所以列子有以詹何持钩、扁鹊换心等寓言故事来譬喻为人处世所必须葆有的平衡亦即"均"的状态——"均"于术，则可以内得于心，外应于器；"均"于技，则可以聆高山流水，响遏行云。

事实上，文中讲述的所有诡异奇特的技艺，都是为了将人的作为巧妙上推于道的境界，由此，"乃可与造化者同功"。只可惜，至情至理往往命同孔周二剑（孔周三剑，即含光、承影、宵练，殷天子三剑，后由春秋时卫国藏剑名家孔周收藏，故名。《列子·汤问》有这样的记载："孔周曰：吾有三剑，惟子所择。一曰含光，视之不可见，运之不知有。其所触也，泯然无际，经物而物不觉。二曰承影，将旦昧爽之交，日夕昏明之际，北面而察之，淡淡焉若有物存，莫识其状。其所触也，窃窃然有声，经物而物不疾也。三日宵练，方昼则见影而不见光，方夜见光而不见形。其触物也，骞然而过，随过随合，觉疾而不血刃焉。"），虽为代代相传的至尊之宝，却只能"匣而藏之"，即使偶现其光，也被疑为无用的废物或是荒诞虚妄的谣传，从而被迫"无施于事"，遁形避世。

在写作技巧上，这篇作品也有诸多可圈点之处。巧妙的情节安排、对比手法的娴熟运用以及生动而极富个性的人物对话，使这篇作品在艺术上臻于完美。

可以说，愚公移山是一篇具有朴素的唯物主义和朴素的辩证法思想的寓言故事。它借愚公形象的塑造，通过"智叟"与"愚公"的对话，展现出了"智叟"之愚与"愚公"之智，告诉人们做事要持之以恒，才有可能成功，反映了中国先民改造自然的雄伟气魄，表现了人们战胜困难的信心和顽强毅力，对人们的社会实践有着深刻的启迪意义。

面对恶劣的自然环境如此，面对恶劣的社会环境同样如此。成书于汉代的《礼记·檀弓下》就记载了一个"苛政猛于虎"的故事：

孔子过泰山侧,有妇人哭于墓者而哀,夫子式而听之,使子路问之,曰:"子之哭也,壹似重有忧者。"而曰:"然。昔者吾舅死于虎,吾夫又死焉,今吾子又死焉。"夫子曰:"何为不去也?"曰:"无苛政。"夫子曰:"小子识之:苛政猛于虎也。"

说的是,有一次孔子从泰山脚下路过,见到有个妇人在坟墓旁哭得很悲伤。孔子停下车听了一会儿,便派子路下车去问她:"你这样哭,真好像不止一次遭遇到不幸了。"那妇人止住哭回答说:"是啊!以前我公公死在老虎口中,我丈夫也死在老虎口中,现在我儿子又被老虎咬死了。"孔子说:"那为什么不离开这里呢?"妇人回答说:"这里没有暴政。"孔子于是转身对子路说:"小子你可要记住:暴政比老虎还要可怕啊!"

这则寓言故事通过"苛政"与"猛虎"的绝妙对比,辛辣地讽刺了残暴的统治比凶猛无情的野兽还要难以让人承受,可谓怵目惊心,发人深省,呼吁统治者一定要引以为戒。如果统治者罔顾生民疾苦,一意孤行,为统治阶层小圈子的利益而施行暴政呢？忍无可忍、逃无可逃的百姓，只有发扬"愚公移山"的精神，就像陈胜吴广那样，揭竿而起，将暴秦的统治一举推翻了。

当然，一部文学作品诞生后，人们可以作这样那样的解读。古代典籍正是在历代学者和广大读者的诠释、践行中获得其经久不衰的生命力的。现代文学家、翻译家金克木这样评价《列子》和愚公移山这则寓言："《列子》讲的道理是自然无为，矛盾无理，因为'自然'不讲道理，努力常是白费，结果往往和预料相反。这也就是说，'势'胜过了'理'。著名的愚公移山故事，在《列子》里只是证明愚胜过智，神也怕人愚笨得挖山不止。'力'起了作用，用的可是笨法子。结果也不过是神把山搬到别处去堵别人的大门而已。"（《金克木集·第4卷》）现代哲学史专家严北溟《列子译注》说："'愚公移山'原意在于打破世人急功近利眼光，应像愚公那样忘怀以造事，无心而为功。"

对这样一篇作品，毛泽东在中国共产党第七次全国代表大会上的闭幕词中却作了全然不同的解读。

1945年6月11日，在抗日战争接近尾声的时候，中国共产党第七次全国代表大会在延安闭幕，毛泽东在闭幕式上发表了题为《愚公移山》的演讲，在演讲中，毛泽东说：

中国古代有个寓言，叫做"愚公移山"。说的是古代有一位老人，住在华北，名叫北山愚公。他的家门南面有两座大山挡住他家的出路，一座叫做太行山，一座叫做王屋山。愚公下决心率领他的儿子们要用锄头挖去这两座大山。有个老头子名叫智叟的看了发笑，说是你们这样干未免太愚蠢了，你们父子数人要挖掉这样两座大山是完全不可能的。愚公回答说：我死了以后有我的儿子，儿子死了，又有孙子，子子孙孙是没有穷尽的。这两座山虽然很高，却是不会再增高了，挖一点就会少一点，为什么挖不平呢？愚公批驳了智叟的错误思想，毫不动摇，每天挖山不止。这件事感动了上帝，他就派了两个神仙下凡，把两座山背走了。现在也有两座压在中国人民头上的大山,一座叫做帝国主义,一座叫做封建主义。中国共产党早就下了决心,要挖掉这两座山。我们一定要坚持下去,一定要不断地工作,我们也会感动上帝的。这个上帝不是别人,就是全中国的人民大众。全国人民大众一齐起来和我们一道挖这两座山,有什么挖不平呢?

作为无神论者的毛泽东,在这里把愚公所感动的上帝,置换成了全中国的人民大众,这样的解读,无疑是颇具新意的,某种意义上也是对"五四"以来的思想启蒙运动的一种呼应;而正是中国共产党人一心要挖掉帝国主义和封建主义两座大山的决心,最终感动了中国人民,让他们贡献了他们的所有,心甘情愿,齐心协力,帮助共产党人打败了日本帝国主义,彻底结束了封建统治,完成了民族解放的伟大事业。

20世纪70年代末以后,中国面临着新的国内形势和世界格局,新一轮的思想解放和经济政治社会改革在全国范围内渐次展开,人们再次重温"愚公移山"这则经典寓言时，又有了新的认识和体悟。

在20世纪80年代末90年代初兴起的各种辩论赛上，"愚公是应该移山还是应该搬家"成为常辩常新的辩题。到21世纪初，则有中学生发表公开信，建议将《愚公移山》的寓言从中学语文课本中删除，理由是"周密的计划比坚定的信念更为重要"，在"一个用'人均数'来竞争的时代"，"一个科学技术空前发展的时代，如果我们还在用《愚公移山》这样的课文来教导下一代，认为依靠着'人多'以及'坚定的信念'就能解决一切问题，这将是我们最大的悲哀。"

作为一个中学生，敢于提出这样的问题，其质疑精神是难能可贵的；但又不得不说，这样的认识也是似是而非的。愚公之愚与智叟之智，从寓言作者对他们各自的命名就一望而知；可是，为什么这样智愚颠倒的故事却可以千古流传呢？不是因为前人不懂得权衡和变通，自《尚书》《周易》开始，变易乃至革命的思想，在中国文化中同样源远流长。商汤在自己的澡盆上刻的铭文是："苟日新，日日新，又日新。"《道德经》说："穷则变，变则通，通则久。"虽然中国人总体上有一种安土重迁的观念，但是像孟子母亲为了给他一个良好的成长环境而连续多次搬家这样的故事，同样为人们津津乐道。但是，愚公移山所倡导的那种明知不可为而强为之的一往无前的倔强精神，一样是一个民族自立于世界民族之林所不可或缺的优秀品质之一。

这样的精神品质，在世界上许多民族之间其实是相通的。以色列建国的故事就颇能给我们启发。第二次世界大战以后，面对饱受种族歧视和战争苦难的犹太民族独立建国的强烈需求，许多国家伸出了援手，比如加拿大就曾明确表示愿意赠与一片国土交由犹太人建立新的独立国家。但是，他们最终婉拒了。他们宁愿继续经受苦难，甘心承受周边其他民族国家的挤压，也要回到他们祖先的土地上建立新的犹太民族独立国家。在几十年坚忍不拔和艰苦卓绝的斗争后，他们终于把不可能变成了现实。他们的决心和毅力得到了世界人民的赞许，以色列不仅成功建国，并且在短短几十年间已经成为世界上最发达的国家之一。他们发展出高超的海水淡化技术、沙漠灌溉技术和清洁能源技术等，在一片沙漠中，创造了科技、工业乃至农业的无数奇迹。

从杞人忧天到愚公移山，中国先民强烈的忧患意识和坚持不懈改造恶劣环境的精神品格，得到了持久的传承，由此母题衍生的优秀文学艺术作品也十分丰富，已经成为中华文化传统的重要组成部分。

关于杞人是否应该忧天和愚公是否应该搬家的讨论，仍然有着十分紧迫的现实意义。中国是一个地震等自然灾害多发的国家，历史上发生过许多大灾难，做好应急预案，对各种灾难未雨绸缪、防患于未然是维系中华民族繁衍生息的生存策略。面对恶劣的自然环境，在某些局部地区实施移民也未尝不是明智之举，但是，从整个国家层面，我们世世代代生存的地方，是不可能抛弃的；从全人类的视角，我们只有一个地球，地球家园也不是说流浪就能流浪的。

记住历史，珍惜当下，筹划未来，我们一刻也不能懈怠。

肆 两只了不起的青蛙

中国寓言虽然有着漫长的发展历史，但是"寓言"一词，最早出现于《庄子》的《寓言》篇和《秋水》篇，《庄子》寓言也是中国最著名的寓言。

庄子（约前369年—前286年），名周，字子休（一说子沐），后人称之为"南华真人"。战国时期宋国著名的思想家、哲学家、文学家，是道家学派的代表人物，老子哲学思想的继承者和发展者，先秦庄子学派的创始人。他的学说涵盖当时社会生活的方方面面，但根本精神还是归依于老子的哲学。后世将他与老子并称为"老庄"，他们的哲学为"老庄哲学"。《史记》称庄子为"蒙人"，但是蒙地究竟属于哪个国家，至今仍无定论。历史上主要有以下几种说法：

一是宋国说。这是目前被学界最为广泛认可的说法。汉代刘向在《别录》中称庄子乃"宋之蒙人"。唐代出现了庄子梁人说，但是梁宋两国实为一国。现代学者如马叙伦等也认同这一观点。二是楚国说。《庄子》的艺术风格具有楚国浪漫色彩，这在当代许多《庄子》文学研究论文或专著中都有论述。因此，许多人也认为庄子是楚国人。这一说法始见于宋代，最早记载于《太平寰宇记》中："六国时，楚有蒙县，俗为小蒙城，即庄周之本邑。"当代学者常征认为，庄子故里蒙，也就是今天的安徽蒙城。

庄子生活在战国中期，宁愿在当地做"漆园吏"，也拒绝楚威王的厚币礼聘；学问博大而宗老子的"道法自然"思想；今存《庄子》一书，其文汪洋恣肆，多采用寓言形式，表达老、庄思想。司马迁《史记》称，庄子"著书十余万言"。据班固《汉书·艺文志》记载，《庄子》原为五十二篇。这大概就是古本的《庄子》。这五十二篇，据陆德明《经典释文·序录》考证，分为"内篇七，外篇二十八，杂篇十四，解说三"四部分。当代有学者考证说，刘安编订了《庄子》一书，并对其进行内、外、杂篇的分类，并且最晚不晚于西汉时的刘向。换言之，五十二篇的古本《庄子》，可能是刘安编定而又经刘向校订的，可惜今已不存。今天我们看到的《庄子》是晋代郭象的注本，分为内篇七、外篇十五、杂篇十一，共三十三篇，约七万字。比古本少了近三分之一，可能是郭象对《庄子》进行了有意的删减。日本镰仓时代高山寺残钞本《庄子》后序云：

"……庄子闳才命世，诚多英文伟词，正言若反，故一曲之士不能畅其弘旨，而妄窜奇说，……凡诸巧杂，……十分有三，或牵之令近，或迂之令诞，或似《山海经》，或似占梦书，或出《淮南》，或抖形名，而参之高韵，龙蛇并御，而辞气那背，竟无深奥，而徒难知，以困后蒙，令沉滞失乎流，岂所求庄子之意哉？故而略而不存。今唯裁取其长，达致全乎大体者焉为三十三篇。"所以可以认为，郭象注《庄》正如孔子删《诗》一样，是一个去粗取精的过程。三十三篇本的《庄子》，相对于古本鱼龙混杂的情况而言，是一个精华本。

庄子寓言是中国古代寓言创作的高峰，《庄子》一书为人类文化贡献了丰富的寓言佳作。据中国寓言史学家陈蒲清教授的统计，《庄子》一书中有寓言故事二百二十篇。其中比较著名的有《逍遥游》中的鲲鹏之游、五石之瓠、不龟手之药；《齐物论》中的朝三暮四、庄周梦蝶；《养生主》中的庖丁解牛；《人间世》中的螳臂当车；《大宗师》中的相濡以沫、莫逆之交、颜回坐忘；《应帝王》浑沌之死；《胠箧》中的盗亦有道；《在宥》中的云将适鸿蒙；《天地》中的象罔得珠；《天道》中的舜问尧、孔子问老聃、轮扁斫轮；《天运》中的巫咸、东施效颦；《秋水》中的望洋兴叹、埳井之蛙、曳尾涂中、鸱与鹓雏、濠梁之辩；《至乐》中的鼓盆而歌、鲁侯养鸟；《达生》中的承蜩者说、吕梁丈夫、削木为鐻；《山木》中的孔子围于陈蔡、庄周游于雕陵；《田子方》中的亦步亦趋、孙叔敖三去令尹；《知北游》中的知北游于玄水；《徐无鬼》中的徐无鬼相马相狗、运斤成风；《外物》中的车辙鲋鱼、无用之用、得意忘言;《寓言》中的庄子谓惠子;《让王》中的尧舜让天下、伯夷叔齐;《盗跖》中的孔子见盗跖;《渔父》中的孔子与渔父;《列御寇》中的列御寇之齐、朱汗漫学屠龙、骊龙得珠等等。

庄子是中国历史上第一个自觉运用寓言文体创作的作家,寓言作为一种独立的文体和一种写作风格,在庄子这里趋于成熟。庄子主张论述问题最好是"寓言十九,重言十七,卮言日出,和以天倪"。"寓言十九,重言十七"是指:一篇文章十分之九用寓言文体,寓言中有重言,占十分之七。"卮言日出,和以天倪"是指:"卮言"即为未经刻意思考,从而不带任何成见之言,即无心之言。其规则是:在论证说理中,必须真实地描述事物,所言必须与物之本性相一致。也就是说,"卮言"不能是主观言论,不能有价值判断,只要是合于事物本身即可。

《庄子》的"寓言、重言、卮言"三种论式理论,在《庄子》诸篇中可以得到证明。如《逍遥游》《人间世》等篇的"寓言"与"重言"以及"卮言"论式。《逍遥游》描述了北冥之鱼、蝉、斑鸠、汤与棘对话、一官、宋荣子、列子、"尧让天下于许由"、"肩吾问于连叔"、惠施与庄子对话等。在庄子看来，这些均为合于自然规律的言说，依此言说来论证"逍遥游"（无己、无功、无名）。当然，还应当看到，庄子的"卮言"论式是置于其宇宙观、世界观和人生观之中的。

用寓言来阐述自己的理论，并非庄子的专利，先秦诸子中采用这种写作手段的不乏其人，比如孟子和韩非子。但是，他们或者把寓言当作自己理论的形象的补充，带有鲜明的比喻色彩，因此只能算是扩大化了的比喻；或者把寓言当作辩论的工具，使自己的理论更有说服力，寓言本身的存在被弱化，成为说理的附庸。而《庄子》寓言则不同，寓言的本身就是文章的主体，不能将寓言故事和作者的思想感情强行剥离开，若如此，《庄子》那独一无二的个性也就被抹杀了。因此，《庄子》寓言在论述中有着不可替代的作用。

第一，寓言使《庄子》论述的形象性与抽象性完美结合。寓言是说理性的，它要求表达一定的思想和寓意，同时又要具有一定的故事性。但如果将说理性与故事性明确地区分开来，不免会说理性有余而形象性不足，成为僵化的文本。我们日常所接触到的国外或者现代寓言大抵都存在这种缺陷。以世界上第一部寓言故事集《伊索寓言》为例，它的寓言几乎都是故事+说理的模式。比如脍炙人口的《狼与小羊》的故事："一只小羊在河边喝水，狼见到后，便想找一个名正言顺的借口吃掉他。于是他跑到上游，恶狠狠地说小羊把河水搅浑浊了，使他喝不到清水。小羊回答说，他仅仅站在河边喝水，并且又在下游，根本不可能把上游的水搅浑。狼见此计不成，又说道：'我父亲去年被你骂过。'小羊说，那时他还没有出生。狼对他说：'不管你怎样辩解，反正我不会放过你。'这说明，对恶人做任何正当的辩解也是无效的。"但是《庄子》寓言则不同，它不再是表达思想的一种手段，而是思想的直接载体。"它用形象思维的方式表现理念内容，将思想融化于形象之中，使得'形象'具有了'抽象'的功能，而这两者的完美结合，又使其作用得到进一步深化。"（蒋振华：《庄子寓言的双重承负》，《中州学刊》2004年第7期）

比如为了论述"无用之用"的超功利的美学观点，庄子描写了栎树神、五石大瓠、不龟手之药；为了论述"有待逍遥"与"无待逍遥"，庄子描写了御风的列子、扶摇直上的大鹏、吸风饮露的姑射神人等。这些形象构成了一个完整的系统，不仅生动直观，给人以鲜活的印象，更是作者理论的有力例证，融合了抽象性与形象性的双重特点。

第二，寓言短小的篇幅承载着丰富的内涵，影响了《庄子》的艺术风格。在《庄子》一书中，几乎见不到滔滔不绝的长篇大论，而是由一则则短小精辟的寓言故事连缀成篇，单纯的议论只是星罗棋布地散落其间。但是，这看似寥寥数语写就的寓言，却蕴含着极为丰富的内容。庄子对社会、历史、人生的看法，以及他的哲学思想、文学思想、价值观、世界观、宇宙观、道德观等，无不包含其中。精炼的篇幅与包罗万象的内容形成强烈的反差，使得《庄子》寓言既语言精炼，又意味无穷，全书也因此呈现出变化莫测、朦胧多义的艺术风格。《庄子》寓言可谓是我国文学史上一座蕴涵丰富的矿藏，千余年来的学者不断对其进行发掘，总能从不同的角度发现新的闪光点，得到新的启示。

我们且以《庄子·秋水》为例，看看庄子寓言中的几个典范之作。

> 秋水时至，百川灌河。泾流之大，两涘渚崖之间，不辨牛马；于是焉，河伯欣然自喜，以天下之美为尽在己。
>
> 顺流而东行，至于北海，东面而视，不见水端。于是焉，河伯始旋其面目：望洋向若而叹曰："野语有之曰，'闻道百以为莫己若'者，我之谓也！且夫，我尝闻少仲尼之闻而轻伯夷之义者，始吾弗信。今我睹子之难穷也。吾非至于子之门，则殆矣！吾长见笑于大方之家。"

这篇寓言出自《庄子·秋水》篇，叫做《望洋兴叹》。故事说，秋天，大水按着季节发生了，无数支流的水都灌进了黄河：河面十分宽阔，不论是河的两岸之间，还是河心的沙洲与高岸之间，隔水相望，分不清是牛还是马。这时呀，黄河的大神河伯欣欣然自我陶醉起来，认为天下的美景，全都集中在自己身上了。河伯顺着水势向东走去，到了北海（渤海）：朝东一看，只见一片汪洋，无边无际：到这时，河伯才开始改变它那洋洋自得的神态，仰起头来对着名叫"若"的北海之神无限感叹地说："俗话说，'有的人懂得了一点道理，便以为没有谁能比得上自己'，这话是批评我这种人的啊。而且，我曾经听人说过，孔子的见闻学识不算多，伯夷的德行也没有什么了不起。以前我不信这话，现在我见到了你的广阔无边，才知道这话是真的啊：我如果不到你这里来，那就糟了：我将永远被道德高尚、学问渊博的人所耻笑了。"

这个故事采用先扬后抑的手法。先写黄河秋汛，水面壮观，然后用无边的大海衬托黄河秋汛的渺小；先写河伯的踌躇满志，然后写他的沮丧自责。从而说明事物具有相对性，天外有天；目空一切，盲目骄傲，是十分可笑的。故事中河伯自责的话，还具有批评儒家思想的含义。这个故事是《庄子》中最有名的故事之一。它代表了《庄子》汪洋恣肆的风格特点，描写水面，境界十分开阔；描写河伯，形象十分传神。（陈蒲清：《寓言传》，岳麓书社，2014年版，第4页）

> 庄子与惠子游于濠梁之上。庄子曰："儵鱼出游从容，是鱼乐也。"惠子曰："子非鱼，安知鱼之乐？"庄子曰："子非我，安知我不知鱼之乐？"惠子曰："我非子，固不知子矣。子固非鱼也，子之不知鱼之乐，全矣。"庄子曰："请循其本。子曰，'汝安知鱼乐'云者，既已知我知之，而问我。我知之濠上也。"

这个故事同样见于《庄子·秋水》。与庄子同游于濠梁之上的惠子，就是曾在魏国执政十二年的惠施，因为秦国间谍张仪的挑拨离间，刚刚走下政坛，与庄子交好，讨论学问。据《庄子·天下》篇所言："惠施多方，其书五车。"现代人往往用"学富五车"来形容一个人的学问大，就是出自惠施，可见其学问之广博。他曾将自己的十个命题，告示所有喜欢名辩的学者；"天下之辩者，相与乐之"，纷纷拿出自己的代表性辩题，"以此与惠施相应，终身无穷"，将激荡三百年的先秦名辩思潮推向了巅峰状态。

但是，正如上海社会科学院终身研究员、庄子研究者中心主任周山所言，庄子与惠施的这一场"濠梁之辩"，在中国哲学史上，无疑是一次更经典、更精彩的论辩，二千多年来始终为学术界所津津乐道。

从逻辑层面看，惠施的推论是合理的。这位学富五车、以譬喻著称的逻辑学家，遵奉的是"异类不比，说在量"（后期墨家语）的类比原则，不同的类，衡量标准不一样，不能作由此及彼的推论。鱼与人分属不同的类，两者之间不能进行由此及彼的推论，由游于濠梁之上的人的快乐心情，不能推论出水中出游从容的鱼也是快乐的。在论辩过程中，惠施又从"我非子，固不知子矣"，推论"子固非鱼，子之不知鱼之乐"，也是合乎推理规则的。相反，庄子在论辩过程中，却犯了一个自相矛盾的逻辑错误：他的第一个反驳语"子非我，安知我不知鱼之乐？"肯定了惠施不知道庄子知鱼之乐。第二个反驳语，却又肯定惠施知庄子知鱼之乐，从而对"安知鱼之乐"作出了完全相反的两种解释。

而从哲学层面看，庄子的"知鱼之乐"，则是其"天地与我并生，而万物与我为一"处世态度的必然结果。在庄子看来，包括人在内的世间万物，都是道的"外相"，虽然世间万物看上去形态各异，但是"以道观之，物无贵贱"。因此，人与鱼儿之间是相通的，并没有截然分割的区别。人能感知鱼，鱼也能感知人。鱼是否快乐，人当然能感知。

有了这种"万物与我为一"的处世态度，就能从道的层面看世界，将物无贵贱的理念自觉地转化到齐家治国平天下的社会实践中去，一切看似不可能的事情，都成为可能。平等，从道的层面获得了保证；不仅人与人之间的沟通成为易事，人与物之间的沟通也有了基础。生活，变得那么轻松、舒畅；随心所欲而不逾矩，不再是难以攀登的高度。

就如庄子能感知鱼儿的快乐与否，与天地万物融为一体的处世态度，必然能增强我们深度感知世界的能力，提升我们的生活质量。（周山：《老子庄子怎样通过小寓言讲大智慧》，《解放日报》2018年5月8日，第12版）

《庄子·秋水》篇里还有一则寓言广为传播，那就是后来浓缩为成语井底之蛙的寓言故事"埳井之蛙"。

> 埳井之蛙谓东海之鳖曰："吾乐与！出跳梁乎井干之上；入休乎缺甃之崖；赴水则接腋持颐，蹶泥则没足灭跗。还虷蟹与蝌蚪，莫吾能若也！且夫擅一壑之水，而跨跱埳井之乐，此亦至矣。夫子奚不时来入观乎？"东海之鳖左足未入，而右膝已絷矣。于是逡巡而却，告之海曰："夫千里之远，不足以举其大；千仞之高，不足以极其深。禹之时，十年九潦而水弗为加益；汤之时，八年七旱而崖不为加损。夫不为顷久推移，不以多少进退者，此亦东海之大乐也！"于是埳井之蛙闻之，适适然惊，规规然自失也。

在一只废弃了的浅井里有一只青蛙,对从东海来的大鳖夸口说:"你看,我住在这里多开心呀!出则可以在井口的栏杆上跳来跳去;入则可以在密实的砖缝里呼呼大睡。跳进水里,水刚好托住我的身体;踏进泥里,泥正好淹没我的脚背。再回头看看那些孑孓、螃蟹一类的小虫吧,哪一个能与我相比?况且,我独占有这一坑水,在井上想跳就跳,想停就停,这样的逍遥快乐真实妙极了。您为什么不常来我这里看看呢?"

那海鳖听了青蛙的话,倒真想进去看看,但是它的左脚还没有踏进井里,右膝已经被井壁卡住了。他在井边徘徊一阵,就退了回来。于是它向青蛙介绍大海的情形说:"千里够远的吧,可是它还不足以形容大海的辽阔;千仞够高了吧,可是它也无法形容大海的深度。在夏禹的时代,十年有九回闹水灾,可是海水也不见增多;在商汤的时代,八年有七年闹旱灾,可是海水也不见减少。永恒的大海,不随时间的长短而变化,不随入海水量的多少而涨落。住在这样的大海里,才是真正的开心呢!"浅井的青蛙听了这一番话,惶恐不安,很惊奇地感

四　两只了不起的青蛙

到了自己的渺小。

这个故事，我们一般都理解为对眼界狭小的井蛙的讽刺；其实，井蛙的眼界之所以不那么开阔，完全是受它所处的环境所限定的；一旦有海鳖这样的朋友带来外面世界的信息，它立刻感到羞惭，并醒悟到自己的见识短浅。所以，我倒觉得，这只青蛙和第一则寓言的河伯一样对外面的广阔世界充满着向往和好奇，其精神是十分可贵的。

庄子寓言所取得的成就，无疑是难以超越的。所以，庄子之后近一千年间，几乎无人步其后尘，写出类似的著作。直到宋代，才出现了一本奇书——《艾子杂说》。

传为宋代大文豪苏轼撰写的《艾子杂说》，共收寓言作品三十九则。这本书假托先秦人物"艾子"及其游历见闻来展开故事，被认为是集中反映道家思想的著作。书中既有寓言，也有幽默故事；不管是寓言还是幽默故事，都属"借古讽今"之作。

苏轼（1037—1101），字子瞻，又字和仲，号东坡居士，是北宋文学家、书画家。眉州眉山（今属四川）人。

与父苏洵，弟苏辙合称"三苏"。他在文学艺术方面堪称全才。其文汪洋恣肆，明白畅达，与欧阳修并称"欧苏"，为"唐宋八大家"之一；诗清新豪健，善用夸张比喻，在艺术表现方面独具风格，与黄庭坚并称"苏黄"；词开豪放一派，对后代很有影响，与辛弃疾并称"苏辛"；书法擅长行书、楷书，能自创新意，用笔丰腴跌宕，有天真烂漫之趣，与黄庭坚、米芾、蔡襄并称"宋四家"；画学文同（文与可），喜作枯木怪石，论画主张神似。词有《东坡乐府》，诗文有《东坡七集》等。《艾子杂说》全文见于明代《顾氏文房小说》。

很巧，这本书里也有一则关于青蛙的寓言。

> 艾子使于燕，燕王曰："吾小国也，日为强秦所侵，征求无已，吾国无以供之，欲举兵一战，又力弱，不足以拒敌，如之何则可？先生为谋之。"艾子曰："亦有分也。"王曰："其有说乎？"艾子曰："昔有龙王，逢一蛙于海滨，相问讯后，蛙问龙王曰：'王之居处何如？'王曰：'珠宫贝阙，翚飞璇题。'

龙复问:'汝之居处何若?'蛙曰:'绿苔碧草,清泉白石。'复问曰:'王之喜怒如何?'龙曰:'吾喜,则时降膏泽,使五谷丰稔;怒,则先之以暴风,次之以震霆,继之以飞电,使千里之内,寸草不留。'龙谓蛙曰:'汝之喜怒何如?'曰:'吾之喜,则清风明月,一部鼓吹;怒,则先之以努眼,次之以腹胀,然后至于胀过而休。'"于是,燕王有惭色。

故事情节与庄子的"埳井之蛙"何其神似!

艾子出使到燕国。燕王说:"我是小国呀,天天为强秦所侵犯,征敛勒索没个尽头,我国贫穷没法供给它,想要装备军队与它打一仗,又怕力量软弱难以对付这个敌人,怎样办才可以呢,请先生给我出个主意。"

艾子回答说:"也算您有缘分呀?"燕王问:"有什么说辞吗?"

艾子说:"从前,龙王爷在海滨碰见了一只青蛙,相互问讯之后,青蛙问龙王爷说:'您居住的地方是什么样子的?'龙王爷说:'用珍珠宝贝建筑的宫殿,有像翚飞的屋檐和美玉雕饰的题额。'龙王爷也问道：'那么你居住的地方又是什么样子呢？'青蛙说：'有绿色的苔藓和碧青的嫩草，还有清清的泉水和洁白的山石。'青蛙又问道：'龙王爷您的喜怒将会是怎么样？'龙王爷说：'我高兴了就降下滋润的雨水，使五谷丰登；愤怒了就先刮暴风，接着轰击霹雷，继之飞下闪电，使千里之内寸草不留。'龙王爷又对青蛙说：'你的喜怒又是什么样子呢？'青蛙说：'我高兴了，就在清风明月的夜晚一个劲地咕呱鸣叫；愤怒了就先张大眼睛凸出眼珠子，接着就鼓胀起肚子，最后把肚子胀过了也就罢了。'"

于是乎，燕王面有惭色。

这是艾子打了个比方，以回答燕王的提问。燕王听后面有惭色，看来是说中了他的隐痛。艾子说的这个故事，究竟是什么意思呢？面对"征求无已"的强秦，好像也是无可奈何，只能忍耐吧。其实，如果龙王爷是强权的代表，那么青蛙大抵可是视作空有一腔义愤而手无缚鸡之力的弱者。国家之间的生存竞争是如此，社会生活中的利益争夺有时也摆脱不了这样的窘境。

《艾子杂说》里还有一则寓言,是关于青蛙的近亲蛤蟆的:

> 艾子浮于海,夜泊岛峙。中夜闻水下有人哭声,复若人言,遂听之。其言曰:"昨日龙王有令:'应水族有尾者斩。'吾鼍也,故惧诛而哭;汝蛤蟆无尾,何哭?"复闻有言曰:"吾今幸无尾,但恐更理会蝌蚪时事也。"

艾子乘船在大海中航行,晚上停泊在一个海岛上,半夜听见水底下有人哭,又好像有人在说话,就认真地听着。

只听见其中一个说:"昨天龙王下了一道命令,水族中凡是有尾巴的都要斩首。我是一条鳄鱼呀,很害怕被杀头所以才哭。而你是只蛤蟆,又没有尾巴,为什么也哭个不停呢?"

另一个声音回答说:"我现在幸亏没有尾巴,但谁知道龙王会不会追究我当蝌蚪时的事情呢!"

为什么蛤蟆听到龙王"应水族有尾者斩"的命令也会哭？是蛤蟆过虑了吗？还是蛤蟆庸人自扰呢？都不是。在几千年的封建社会中，这种"理会科斗时事"的情况，是屡见不鲜、极其普通的。蛤蟆的幼虫是蝌蚪，曾长过尾巴，这本是自然在理的事，只是无意中触犯了龙王爷的清规戒律，就有小辫子抓在龙王爷的手里，随时可以提溜你、随时可以问你的罪，哪里能像鳄鱼说的那么轻松："汝虾蟆无尾，何哭？"

艾子于夜泊中得闻这等对话，也可想见东坡生平耳闻目睹或亲身经历的种种事实了。

这则寓言中的艾子（苏轼自指），有过不少艰难痛苦的人生经历。从文中提到的"艾子浮于海"的情况来看，此作应写于他最后被贬海南岛的日子里。在海南岛生活的岁月中，六十多岁的苏轼反思着他的人生历程——其间，一段经历使他永生难忘。

在被茫茫大海包围的岛屿中生活的作者的思绪，又回到了那一次惊心动魄的政治斗争中。这段经历，恰与作者被贬海南昌化军的社会背景有关。时当宋哲宗绍圣年间（1094—1098），在激烈的党争中，重新登上朝堂的变法派大肆驱逐元佑党人，清除异己。"龙王有旨：'应水族有尾者斩'"，正是反映了这一时期的政治斗争。

毕沅《续资治通鉴》记载，绍圣四年二月，宋哲宗下令追贬宰相司马光、吕公著等重臣，有大臣借机上言："司马光、吕公著诋毁先帝，变更法度，罪恶至深，及当时同恶相济、首尾附会之人……亦当量罪示恶。"因此与宰相司马光有关的三十一人，都被贬官。苏轼也被贬向海南昌化军。

知道了这样的政治背景，就不难知道作者此寓言的真实用意。文中提到的蝌蚪小尾巴，就隐指政敌攻击的所谓"首尾附会之人"的自己。苏轼与司马光的政见略同，当然被视为"首尾附会之人"；如果说，宰相司马光相当于那"鼍"的话，作为翰林侍读学士的苏轼就相当于司马光的"首尾附会"之"蛤蟆"了。可见这"蝌尾"隐含着那场残酷的政治迫害事件！用蝌蚪尾巴来隐现一次复杂而又惊心动魄的政治斗争，可谓传神。

不过，正如黎烈南在腾讯儒学发表的《〈蛤蟆〉：苏轼最具内涵的寓言!》一文所言，本文的妙处，并不完全在他以隐晦的笔墨描写了当时的现实，而且还在于他还以超越时空的笔墨，勾勒了一幅封建专制迫害的象征性图画。其中有些词语，值得格外品味。先看那个"族"字。这个字，能令人产生丰富的联想。众所周知，统治者内部的斗争，往往是一场你死我活的拼杀，必将对手一网打尽而后快。寓言作品中"水族"之"族"字，就透露了这个消息。一提起"族"字，令人难免想起"九族""灭族""非我族类"之类的字眼；而苏轼这则寓言中的"水族"两字，虽然所写为海底世界的"灭族"事件，但它也恰恰映射了古代社会形形色色政治迫害的残酷事实。一个"族"字，它的概括力量，可谓深广！此外，那个"尾"字，也足令读者感慨无限。作为小小生灵，蛤蟆的生命本来短暂，但它为蝌蚪时曾长过小尾巴这一"历史问题"（即所谓"前科"）还是能被加害于它的龙王爷抓住，真是欲加之罪，何患无辞！苏轼一生写了大量批评时政的诗歌，其中就作为"历史问题"被加以了严厉的追究与迫害。此次被贬南方，就是那些新党人物以苏轼起草制诰"讥刺先朝"加给他的罪名的结果。

可见,东坡写此寓言,是有感而发者,实是发自肺腑的痛心疾首之言。

我也十分赞同黎烈南的评论,苏轼文中的"尾巴"还令人想起一句中国人常说的话:"夹起尾巴做人"。这句人人皆知的话语表明,我们人人都有弱点,都有不足,将那不大好看的"尾巴"夹起来,乃是我们做人极应注意的。但是如果时时窥视别人的"尾巴",并加以宣扬、夸张,乃至加害于人,那就是无耻之尤了。

在庄子所处的百家争鸣时代,寓言创作多半是为了表达观点,方便说理;而在中国历史上的许多至暗时刻,寓言式的写作却是为了要在表达观点的同时保全生命。无论是哪一种情形,都是使中国寓言形成独特风格的重要因素。

伍

哭之悲之,福兮祸兮

我们很多人都读过的《千字文》，其中有一句"墨悲丝染，诗赞羔羊"。这里的"诗"是指《诗经》。《诗经·风·召南》里的"羔羊"篇，赞美了小羊羔毛皮的洁白，寓意人的本性像羔羊的皮毛一样洁白柔软，人应该永远保持这种纯善的、没有污染的本性才好。"墨"则是指先秦以主张"兼爱、非攻"而著名的哲学家墨子。《墨子·所染》中有个"墨悲丝染"的故事：

> 子墨子言见染丝者而叹，曰："染于苍则苍，染于黄则黄，所入者变，其色亦变。五入必，而已则

为五色矣。故染不可不慎也。"

说是墨子有一次路过染坊，看到雪白的生丝在各色染缸里被染了各种颜色。被染过的蚕丝，任凭你怎样漂洗，再也无法恢复生丝的本色了。这个故事暗喻了人的本性像生丝一样洁白，一旦受到污染，再想恢复本来的质朴纯洁，已经不可能了。这样的事确实是令人痛心疾首的。

与墨子大约同时代的另一位学者杨朱，以主张"贵己""重生""人人不损一毫"而著名。他们两位的主张可谓针锋相对，各走极端，但是也各有市场，因此并称"杨墨之道"。在战国时期，有"天下之言不归杨则归墨"的现象；看到这种局面，主张中庸之道的儒家学派代表人物孟子坐不住了，于是喊出了"距杨墨"的口号，并在自己的著作中对两人提出了严厉的批评。

《孟子·滕文公下》云：

圣王不作，诸侯放恣，处士横议，杨朱、墨翟之言盈天下。天下之言不归杨，则归墨。杨氏为我，是无君也；墨氏兼爱，是无父也。无父无君，是禽兽也。公明仪曰："庖有肥肉，厩有肥马；民有饥色，野有饿莩，此率兽而食人也。"杨墨之道不息，孔子之道不著，是邪说诬民，充塞仁义也。仁义充塞，则率兽食人，人将相食。吾为此惧，闲先圣之道，距杨墨，放淫辞，邪说者不得作。作于其心，害于其事；作于其事，害于其政。圣人复起，不易吾言矣。昔者禹抑洪水而天下平，周公兼夷狄、驱猛兽而百姓宁，孔子成《春秋》而乱臣贼子惧。《诗》云："戎狄是膺，荆舒是惩，则莫我敢承。"无父无君，是周公所膺也。我亦欲正人心，息邪说，距诐行，放淫辞，以承三圣者；岂好辩哉？予不得已也。能言距杨墨者，圣人之徒也。

孟子的意思是说："当今这种形势，圣明君主没有出现。各诸侯国君都是放纵不羁，不务正业的读书人也是胡说八道，杨朱、墨翟的言论充斥天下，人们的思想不是倾向于杨朱学说,就是倾向于墨子学说。杨氏理论的根本是为我,人人都只想着为自己,心中便没了君主概念;墨子学说的根本是兼爱,而不加区别地一概爱护,也就没有了父母这一概念。一个人要是没有君主、父母的观念,不就成禽兽了吗?公明仪说:'厨房里有肥美的肉,马棚里有健壮的马匹,老百姓却面带饥色,田野上到处有饿死的人,这跟驱赶着兽类去吃人何异?!'要是杨朱、墨子的理论不消除,孔子创建的仁义理论不发扬光大,那就是听任邪恶理论蒙蔽百姓,仁义观念被堵塞而难以发展。仁义道德发扬不了,结果自然就是放纵野兽吃人,甚至是自相残杀。我为此感到忧虑,所以坚决主张遵循古代圣人的道义,来抗拒杨朱、墨子等人的邪恶理论,批驳其错误言论,使邪说无法推广。否则,邪说占领了人们的大脑,就会妨碍人们的行为,并危及政务。相信即使古代圣贤复活,他们也不会让我改变观点。从前大禹抑制洪水使天下太平,周公兼并四方各族,赶走猛兽使百姓安宁,孔子著成《春秋》而使乱臣贼子感到恐惧。《诗经·鲁颂·泮水》上说:'戎族狄族的人服从了，荆地楚地被惩罚了，就无人敢不遵从我的命令。'没有忠君、孝父思想的边远地区之人，是周公所要征服的。我现在也想端正人们的思想观念，平息各种邪恶理论，抵制错误的行为，批驳放纵的言论，就是想继承大禹、周公、孔子三位圣人的丰功伟业啊！我怎么是喜好辩论呢？我是不得不如此呀。能通过辩论来抗拒杨朱、墨子学说的流行，是圣人弟子的应尽义务！"

《孟子·尽心上》又说：

> 杨子取为我，拔一毛而利天下，不为也。墨子兼爱，摩顶放踵利天下，为之。子莫执中。执中为近之。执中无权，犹执一也。所恶执一者，为其贼道也，举一而废百也。

孟子说："杨子奉行'为我'，拔根汗毛就对天下有利，他也不干。墨子提倡'兼爱'，哪怕从头到脚都受伤，只要对天下有利，也愿干。子莫持中间态度，持中间态度就接近正确了。但是，持中间态度而没有变通，也还是执著在一点上。执著于一点之所以不好，是因为它损害了道，抓住了一点而丢弃了其他一切的缘故。"

显而易见，孟子对杨墨的批评，十分严厉，因为其目的在于彰显儒家学说的正宗，所以言辞未免有矫枉过正之嫌。

历史上，杨朱和墨子的思想虽然产生过影响，但是因为多数统治者都奉行孔孟之道，所以其他各家并不那么受重视。墨家尚有《墨子》等书传世，而杨朱则根本没有著作留传下来。杨朱的主张和事迹，我们今天也只能通过列子、孟子、荀子等人的著作略知一二。但仅凭这些著作中有关杨朱的只言片语和轶事趣闻，我们仍然能领略到他思想的光彩。

恰如三国时期魏国诗人阮籍《咏怀》诗所言，有关杨朱的事迹，最著名的其实应该是与"墨子悲染丝"相提并论的"杨朱泣歧路"：

> 杨朱泣歧路，墨子悲染丝。揖让长离别，飘飘难与期。

岂徒燕婉情,存亡诚有之。萧索人所悲,祸衅不可辞。

赵女媚中山,谦柔愈见欺。嗟嗟涂上士,何用自保持?

阮籍诗里所言杨朱泣歧路,最早见于《列子·说符篇》:

杨子之邻人亡羊,既率其党,又请杨子之竖追之。杨子曰:"嘻!亡一羊何追者之众?"邻人曰:"多歧路。"既反,问:"获羊乎?"曰:"亡之矣。"曰:"奚亡之?"曰:"歧路之中又有歧焉,吾不知所之,所以反也。"杨子戚然变容,不言者移时,不笑者竟日。

这个故事里并没有写到杨朱哭,而只是说他戚然变得悲伤,好长时间不说话,一整天都闷闷不乐而已。但是,仅仅是因为看到邻居走失了一只羊而一整天不开心,

也足够让人震撼了。那么,杨朱为什么反应那么过激呢?他自己没有说,但是他的弟子心都子替他作了回答:

> 门人怪之,请曰:"羊贱畜,又非夫子之有,而损言笑者何哉?"杨子不答。门人不获所命。弟子孟孙阳出,以告心都子。心都子他日与孟孙阳偕入,而问曰:"昔有昆弟三人,游齐鲁之间,同师而学,进仁义之道而归。其父曰:'仁义之道若何?'伯曰:'仁义使我爱身而后名。'仲曰:'仁义使我杀身以成名。'叔曰:'仁义使我身名并全。'彼三术相反,而同出于儒。孰是孰非邪?"杨子曰:"人有滨河而居者,习于水,勇于泅,操舟鬻渡,利供百口。裹粮就学者成徒,而溺死者几半。本学泅,不学溺,而利害如此。若以为孰是孰非?"心都子嘿然而出。孟孙阳让之曰:"何吾子问之迂,夫子答之僻?吾惑愈甚。"心都子曰:"大道以多歧亡羊,学者以多方丧生。学非本不同,非本不一,而末异若是。唯归同反一,为亡得丧。子长先生之门,习先生之道,而

不达先生之况也,哀哉!"

一条大道拐出无数岔路,羊就找不回来了;一个学者对什么都感兴趣,方向就迷失了。只有归于同、回到一,才会真正拥有自己的方向。按照心都子的理解,真正让杨朱心塞的,不是大道的岔路太多容易让羊丢失,而是世间学派庞杂而让做学问的人无所适从,乃至纠结彷徨而浪费宝贵的生命。

关于歧路亡羊的故事,《列子》只说到杨朱不开心,而阮籍为什么说成哭泣呢?原来,《荀子·王霸》就是这么说的:

> 杨朱哭衢涂,曰:"此夫过举蹞步而觉跌千里者夫!"哀哭之。此亦荣辱安危存亡之衢已,此其为可哀甚于衢涂。

西汉中期的《淮南子·说林训》也说:

杨子见逵路而哭之，为其可以南可以北；墨子见练丝而泣之，为其可以黄可以黑。

泣歧路与悲丝染虽然出自两个哲学观点全然对立的杨朱和墨翟，但其实这两个寓言故事的深层意蕴却是相通的——杨子认为，大道以多歧而亡羊，学者以多方而丧生，都是无可挽回的，所以会痛心疾首；墨子认为，白丝染杂，就跟人的纯洁本性受到了污染，也是不可逆的，所以会悲从中来。

当然，也有典籍说哭歧路的不是杨朱，而是墨子。

《吕氏春秋·疑似》说："相似之物，此愚者之所大惑，而圣人之所加虑也。故墨子见歧道而哭之。"刘向《新书·审微》则说："事之适乱，如地形之惑人也，机渐而往，俄而东西易面，人不自知也。故墨子见衢路而哭之，悲一跬而缪千里也。"

鲁迅曾在给许广平的信中写道："走'人生'的长途，最易遇到的有两大难关。其一是'歧路'，倘是墨翟先生，相传是恸哭而返的。但我不哭也不返，先在歧路头坐下,歇一会,或者睡一觉,于是选一条似乎可走的路再走,倘遇见老实人,也许夺他食物来充饥,但是不问路,因为我料定他并不知道的。如果遇见老虎,我就爬上树去,等它饿得走去了再下来,倘它竟不走,我就自己饿死在树上,而且先用带子缚住,连死尸也决不给它吃。但倘若没有树呢?那么,没有法子,只好请它吃了,但也不妨也咬它一口。其二便是'穷途'了,听说阮籍先生也大哭而回,我却也像在歧路上的办法一样,还是跨进去,在刺丛里姑且走走。但我也并未遇到全是荆棘毫无可走的地方过,不知道是否世上本无所谓穷途,还是我幸而没有遇着。"

这种现象,多少说明了,在独尊儒术之外,尚有墨子的地位,而杨朱则在很多时候直接被忽视。杨海文在《另一种杨墨之道》一文中感叹:

"古往今来,我们这个民族似乎不太喜欢杨朱,倒是认可墨子。从'距杨墨'看,梁启超的《子墨子学说》就说:'今举中国皆杨也。有儒其言而杨其行者,有杨其言而杨其行者,甚有墨其言而杨其行者,亦有不知儒不知杨不知墨,而杨其行于无意识之间者。呜呼,杨学遂亡中国!杨学遂亡中国!今欲救之,厥惟墨学;惟无学别墨而学真墨。'人生在世,歧路太多,选择太难。十字路口错走半步,等到觉悟,可能已成千古之恨。像杨朱那样哭几下,又有何妨?心如素丝,社会却是一口大染缸。有多少人能够出淤泥而不染?有多少人能够一生洁身自好?像墨子那样几声悲叹,有何不可?岔路多,染缸大,无所逃,人人总有想哭泣、想叹气的时候。跟孟子笔下的'距杨墨'相比,另一种'杨墨之道'乃普通人的哲学,它呈现了最真实的人生困境,缓解了最平常的人生困惑,真真切切,实实在在。"

这让我们联想到美国诗人弗罗斯特的《未选择的路》和阿根廷作家博尔赫斯的《小径分岔的花园》,佛罗斯特在诗中说:"黄色的林子里有两条路,很遗憾我无法同时选择两者……许多许多年以后,我将轻轻叹息,叙述这一切:林子里有两条路,我——选择了行人稀少的那一条,它改变了我的一生。"

《小径分岔的花园》表面上采用了侦探小说的形式:

一战中，中国博士余准做了德国间谍，遭到英国军官马登的追踪。他躲入汉学家斯蒂芬·艾伯特博士家中，见到了小径分岔的花园。在当主人公与汉学博士讨论正投机的时候，他把汉学博士杀了，接着主人公被追杀的人逮捕了，然而最终的结果是主人公却成功地把秘密报告给了他的头头。这是由于"柏林的头头破了这个谜。他知道在战火纷飞的时候我难以通报那个叫艾伯特的城市的名称，除了杀掉一个叫那名字的人之外，找不出别的办法"。

李丽在《条条小路通虚无——〈小径分岔的花园〉对理性的颠覆》一文中对小说作了这样的解读："《小径分岔的花园》是一个庞大的谜语，或者是寓言故事，谜底是时间……时间有无数系列，背离的、汇合的和平行的时间织成一张不断增长的网。由互相靠拢、分歧、交错或者永远互不干扰的时间织成的网络里包含了所有的可能性。在大部分时间里，我们并不存在；在某些时间，有你而没有我；在另一些时间，有我而没有你；在有些时间，你我都存在。"

杨朱见歧路亡羊联想到学者的选择之艰难，墨子看到生丝染黑而惊觉人进入社会这个大染缸后何其不幸，认为人生的第一步不可不慎；弗罗斯特因自己对道路的取舍而一生不安，博尔赫斯则揭示了为人如入迷宫的宇宙级秘密。

关于路径选择错误所造成的不良后果，寓言故事《南辕北辙》作了形象的诠释：

> 魏王欲攻邯郸，季梁闻之，中道而反，衣焦不申，头尘不去，往见王曰："今者臣来，见人于大行，方北面而持其驾，告臣曰：'我欲之楚。'臣曰：'君之楚，将奚为北面？'曰：'吾马良。'臣曰：'马虽良，此非楚之路也。'曰：'吾用多。'臣曰：'用虽多，此非楚之路也。'曰：'吾御者善。'此数者愈善，而离楚愈远耳。今王动欲成霸王，举欲信于天下。恃王国之大，兵之精锐，而攻邯郸，以广尊名。王之动愈数，而离王愈远耳。犹至楚而北行也。"此所谓南其辕而北其辙也。

用今天的话说就是，魏王想要攻打邯郸，季梁听说这件事后，半路返回，来不及抻平皱缩的衣服和去除头上的尘土，就急忙去拜见魏王，见面后就给魏王编了一个故事："今天我来的时候，在路上遇见了一个人，正在面朝北面驾着他的车，他告诉我说：'我想到楚国去。'我说：'您到楚国去，为什么往北走呢？'他说：'我的马很精良。'我说：'你的马虽然很精良，可这不是去楚国的路啊。'他说：'我的路费很多。'我说：'你的路费虽然多，可这不是去楚国的路呢。'他说：'我的马夫驾车技术超一流。'我觉得这几个条件越是好，就离楚国越远了。大王如今的所作所为，无非是想取信于天下，成为霸王。现在依仗魏国的强大，军队的精锐，而要去攻打邯郸，以扩大地盘，赢得好的名声。殊不知，大王您这样的行动越多，距离称王的目标反而越来越远了。这就好像要到南方的楚国却让马车向北狂奔一样啊！"

战国后期，一度称雄天下的魏国国力渐衰，可是国君魏安厘王仍想出兵攻伐赵国。谋臣季梁本已奉命出使邻邦，听到这个消息，立刻半途折回，风尘仆仆赶来求见安厘王，劝阻伐赵。季梁为了打动魏王，现编了个故事，形象地说明了魏王的行动与自己的目的背道而驰的道理。

这则寓言给我们的启示也是深刻的。如果说杨朱为歧路亡羊而悲戚多少是有感于世事纷繁复杂，人们往往无法选择的话，那么，魏王因认识盲区而差点落入南辕北辙的陷阱，则是可以避免的。事实也证明，一旦廓清了思想，行动也就有了正确的方向。

当然，世事的复杂，并不总是可以做如此清晰的判断的；更有甚者，很多情况下，我们的认识根本无法把握事物的发展趋势，在人生的某些转折处，我们只能随波逐流、随遇而安，听凭命运的安排，接受自然的结果。

选项越多，决策的效率越低；选择越多，困惑越大。知名谈话节目主持人窦文涛曾跟观众分享了一种观点，认为在面临几种利弊相当的选项而必须作出抉择时，不妨放弃理性的权衡，把选择交给直觉——只要你相信那就是最好的选择就可以了。

出自刘安《淮南子》的寓言故事"塞翁失马"似乎

就是讲的这个道理：

> 近塞上之人，有善术者，马无故亡而入胡。人皆吊之，其父曰："此何遽不为福乎？"居数月，其马将胡骏马而归。人皆贺之，其父曰："此何遽不能为祸乎？"家富良马，其子好骑，堕而折其髀。人皆吊之，其父曰："此何遽不为福乎？"居一年，胡人大入塞，丁壮者引弦而战。近塞之人，死者十九。此独以跛之故，父子相保。

靠近边境一带居住的人中有一个精通术数的人，他们家的马无缘无故跑到了胡人的住地。人们都前来慰问他。那个老人说："这怎么就不能是一件好事呢？"过了几个月，那匹马带着胡人的良马回来了。人们又都前来祝贺他们一家。那个老人说："这怎么就不能是一件坏事呢？"他的儿子本来就喜欢骑马，家中的良马忽然多起来了，就越发疯狂，终于有一天从马上掉下来把大腿摔骨折了。人们又前来安慰。那个老人又说："这怎么就不能是一件好事呢？"过了一年，胡人大举入侵边境一带，壮年男子都拿起弓箭去作战。靠近边境一带的人，绝大部分都战死了。唯独老人的儿子因为瘸腿的缘故未能参战，父子俩得以继续相依为命。

这个故事后来浓缩为一句八字成语：塞翁失马，焉知非福。

寓言通过一个循环往复的极富戏剧性的故事，阐述了祸与福的对立统一关系，揭示了"祸兮福所倚，福兮祸所伏"的道理。如果单从哲学角度去看，这则寓言启发人们用发展的眼光辩证地去看问题：在一定的条件下，好事和坏事是可以互相转换的，坏事可以变成好事，好事可以变成坏事。身处逆境不消沉，树立"柳暗花明"的乐观信念；身处顺境不迷醉，保持"死于安乐"的忧患意识。无论遇到福还是祸，要调整自己的心态，要超越时间和空间去观察问题，要考虑到事物有可能出现的极端变化。

当然，这个故事也带有玄学和宿命论的色彩。我们同时还应警惕，在看待事物时，切不可陷入庸俗辩证法和相对主义的泥沼。好事与坏事的转换，是有条件的，并不是任何好事都会无条件地变成坏事，也不是任何坏事都会无条件地变成好事；那种忽视条件，不做努力，期待坏事变好事，或者干脆颠倒黑白，硬把坏事说成好事，则是荒诞无稽，自欺欺人之举。

从歧路亡羊，到塞翁失马，走失的羊永远消失了，而走失的马不仅回来了，还带回来几匹野马。如果说，杨朱为邻居丢羊而伤感，体现了古代思想家对人生的巨大悲悯；那么，塞翁不因丢马而担心，则体现了一种对命运的达观。

不管是忧戚还是达观，都是建立在对未来的某种想象基础之上的。这种想象，也就是预见性，往往是指导我们行动的底层逻辑，缺乏这种预见，把握不住事物发展的趋势，难免会招致祸患。关于这个道理，《汉书·霍光传》里讲了一个这样的故事：

> 客有过主人者，见其灶直突，傍有积薪。客谓主人："更为曲突，远徙其薪；不者，且有火患。"主

人嘿然不应。俄而，家果失火，邻里共救之，幸而得息。于是杀牛置酒，谢其邻人，灼烂者在于上行，余各以功次坐，而不录言曲突者。人谓主人曰："向使听客之言，不弗牛酒，弱亡火患。今论功而请宾，曲突徙薪亡恩泽，焦头烂额为上客耶？"主人乃寤而请之。

这个故事的前因后果是这样的。西汉名臣霍去病异母弟、汉昭帝皇后上官氏外祖父、汉宣帝皇后霍成君之父霍光，曾受命于危难之际，辅佐幼主，全力推行轮台诏书，坚持与民休息，在实现昭宣中兴中功不可没。然而，功高震主，在茂陵人徐福看来，霍氏一家都骄横奢侈，所以早就预言："霍氏必亡。"并上书朝廷说："霍氏一家权势太大，陛下既然厚爱他们，就应随时加以约束限制，不要让他们发展到灭亡的地步！"上书三次，天子看到了，都未加采纳。后来霍光果然"做出大逆不道的事"，全家被诛杀。曾告发过霍氏的人都被封赏，但是唯独把徐福给遗漏了。

于是有人上书汉宣帝，讲了这个故事，说失火的人家犒劳了为救火而"焦头烂额"的邻居，却把当初向他提出"曲突徙薪"忠告的人给遗忘了，就像如今皇上对待曾经三番五次发出警报的徐福一样，是不公平的。收到这份奏折后，汉宣帝这才赐给徐福绸缎十匹，后又任命他为郎官。

这个故事为汉语贡献了"曲突徙薪""焦头烂额"两个成语。

历史发展到今天，随着科学技术的进步，人们掌握了越来越多的科学道理，对事物的发展规律乃至宇宙起源和发展的秘密也有了更深的洞察；因此，我们日益不满足于听凭命运的安排，而总是试图打破造物主给我们设置的各种屏障和局限。

2018年6月，IBM宣布成功研制出了量子计算机原型机，量子计算机商业化正在加速！以前看起来遥不可及的量子计算机，一下子就逼近了人类的身边：根据新闻报道，基于20量子比特的量子计算机，可在年底向客户开放；基于50量子比特的量子计算机原理样机，为今后 IBMQ 系统奠定了基础。这一进展被誉为一个巨大的跨越：50 量子比特的量子计算机，一步就能进行 2 的 50 次方运算，等于 1125899906842000，即一千万亿次计算。

量子计算机为什么那么牛？归根结底，在于量子计算机和传统计算机，所运用原理和路径，是完全不一样的。现有传统电子计算机的运算单元，一个比特在特定时刻只有特定的状态，要么 0，要么 1。量子计算机利用量子特有的"叠加状态"，采取并行计算的方式，终极目标可以让速度以指数量级提升。

古代因为歧路亡羊而悲戚，因为凭人力根本不可能穷尽每条道路，所以丢失的羊在一个人的有生之年永远找不回来；传统计算机跟杨朱一样，当面临一个复杂的计算任务时，也只能是先走一条路，然后再走另外一条路，一条一条地尝试，必须耗费大量的资源和巨量的时间。

量子计算机，则不一样，它可以像孙悟空变出很多个小孙悟空走不同的路一样，搞平行计算。这就相当于，一台计算机，一下子化身成千千万台台计算器，同时开工做算术题。从电子计算机飞跃到量子计算机，整个人类计算能力、处理大数据的能力，就将出现上千上万乃至上亿次的提升。无论生产、科研还是日常生活，世界将会经历一场颠覆性改变。

但是，问题又来了！人们又开始担心，很可能，在不远的将来，人类在量子计算机＋人工智能面前，就可能像蚂蚁面对人类一样无力和脆弱。一日千里的科技，正在使一切坚固的，变成脆弱的；使一切岿然不动的，变成变动不居的。正如科学家霍金生前所说："在我的一生中，我见证了很多深刻的社会变化。其中最深刻，同时也是对人类影响与日俱增的变化就是人工智能的崛起。"人工智能可能是人类文明史上最伟大的事件，它要么是人类历史上最好的事，要么是最糟的。如果我们不能学会如何避免风险，那么我们会把自己置于绝境。

"塞翁失马，焉知非福。"人类的科技进步总那么值得令人兴奋吗？人类每一次在自然面前取得某种突破，都有可能相应地带来一种风险——人们制造出塑料，却带来环境的污染；人们学会建造大坝，却带来生态的破坏；人们掌握了核能，却屡屡遭受核泄漏之害；现在人们发展出越来越强大的人工智能，是否会把我们人类自己逼入绝境呢？

回顾历史，我们要常怀悲悯之心；面向未来，我们必须永远保持高度的警醒。

陆

得而忘形，见利失真

我们常用的成语之一——掩耳盗铃，意为把耳朵捂住偷铃铛，以为自己听不见别人也会听不见，比喻自己欺骗自己。其实，跟许多成语一样，这个成语也来自一则寓言故事。这则出自《吕氏春秋·不苟论·自知》的寓言，原来写的是偷钟。

我们的语文教材常常将以下这段文字单独拿出来作为课文来教学。

> 范氏之亡也，百姓有得钟者，欲负而走，则钟大不可负；以椎毁之，钟况然有音。恐人闻之而夺己

也，遽掩其耳。恶人闻之，可也；恶己自闻之，悖矣。为人主而恶闻其过，非犹此也？

其实，仅仅拿出这一段来学习，是无法领会原文的妙处的。翻开《吕氏春秋》，作者原来是这样写的——

> 欲知平直，则必准绳；欲知方圆，则必规矩；人主欲自知，则必直士。故天子立辅弼，设师保，所以举过也。夫人故不能自知，人主犹其。存亡安危，勿求于外，务在自知。尧有欲谏之鼓，舜有诽谤之木，汤有司过之士，武王有戒慎之鼗，犹恐不能自知。今贤非尧舜汤武也，而有掩蔽之道，奚繇自知哉！荆成、齐庄不自知而杀，吴王、智伯不自知而亡，宋、中山不自知而灭，晋惠公、赵括不自知而虏，钻荼、庞涓、太子申不自知而死，败莫大于不自知。范氏之亡也，百姓有得钟者。欲负而走，则钟大不可负。以椎毁之，钟况然有音。恐人闻之而夺己也，遽掩其耳。恶人闻之可也，恶己自闻之，

悖矣。为人主而恶闻其过，非犹此也？恶人闻其过尚犹可。魏文侯燕饮，皆令诸大夫论己。或言君之智也。至于任座，任座曰："君不肖君也。得中山不以封君之弟，而以封君之子，是以知君之不肖也。"文侯不说，知于颜色。任座趋而出。次及翟黄，翟黄曰："君贤君也。臣闻其主贤者，其臣之言直。今者任座之言直，是以知君之贤也。"文侯喜曰："可反欤？"翟黄对曰："奚为不可？臣闻忠臣毕其忠，而不敢远其死。座殆尚在于门。"翟黄往视之，任座在于门，以君令召之。任座入，文侯下阶而迎之，终座以为上客。文侯微翟黄，则几失忠臣矣。上顺乎主心以显贤者，其唯翟黄乎？

翻译成白话文就是：

要知道平直，一定要依靠水准墨线；要知道方圆，一定要依靠圆规矩尺，君主要想了解自己的过失，一定要依靠正直之士。所以天子设立辅弼，设置师保，这是用来举发天子过错的，人本来就不能了解自己的过失，天子尤为严重。国存身安不用到外部寻求，关键在于了解自己的过失。尧有供想进谏的人敲击的鼓，舜有供书写批评意见的木柱，汤有主管纠正过失的官吏，武王有供告诫君主的人所甩的摇鼓。即使选样，他们仍担心不能了解自己的过失。而当今的君主，贤能并比不上尧舜汤武，却采取掩蔽视听的做法，这还靠什么了解自己的过失？楚成王、齐庄公因为不了解自己的过失而被杀；吴王、智伯因为不了解自己的过失而灭亡；宋、中山因为不了解自己的过失而绝国；晋惠公、赵括因为不了解自己的过失而被俘；钻茶、庞涓、太子申因为不了解自己的过失而兵败身死。所以没有比不了解自己的过失更坏事的了。

晋国的大夫范氏逃亡的时候，有个人趁机到他家偷了一口钟。想要背着它逃跑，但是，这口钟太大了，背不动；于是就想到用槌子把钟砸碎，然后一块一块地搬走。可是刚用槌子一砸，大钟就发出咣咣的响声。他生怕别人听到钟声，来把钟夺走了，就急忙把自己的耳朵紧紧捂住。他以为捂住自己的耳朵自己听不见，别人也同样听不见，这就未免太荒谬了。做君主的不愿别人听到自己的过失倒还情有可原，而自己都不愿听到自己的过失，不正像这个偷钟的人一样吗？

魏文侯宴饮，让大夫们评论自己。有的人说君主很仁义，有的人说君主很英明。轮到任座，任座说："您是个不肖的君主。得到中山国，不把它封给您的弟弟，却把它封给您的儿子，因此知道您不肖。"文侯听了很不高兴，脸色上表现了出来。任座快步走了出去。按次序轮到翟黄，翟黄说："您是个贤君。我听说君主贤明的，他的臣子言语就直率。现在任座的言语直率，因此我知道您贤明。"文侯很高兴，说："还能让他回来吗？"翟黄回答说："怎么不能？我听说忠臣竭尽自己的忠心，即使因此获得死罪也不敢躲避。任座恐怕还在门口。"翟黄出去一看，任座当真还在门口。翟黄就以君主的命令叫他进去。任座进来了，文侯走下台阶来迎接他，此后终生都把任座待为上宾。文侯如果没有翟黄，就差点儿失掉了忠臣。对上能够顺应君主的心意来尊显贤者，大概正是说的翟黄吧！

看看全文，真是有理有据、夹叙夹议、生动形象，称得上是一篇美文。

要理解一部作品的深意，最好对其作者也要作深入的了解。要领会《吕氏春秋》这部书的价值，也最好对吕不韦的生平事迹和这部书的成书过程有个大致的回顾。

公元前3世纪后期秦的统一，是中国古代历史进程中划时代的大事。吕不韦作为秦国上层执政核心中的重要人物，在这一历史演进过程中发挥的作用是不可以忽视的。

吕不韦出身阳翟富商，经常往来于各地做买卖。一次到赵国的都城邯郸去做买卖，遇到在赵做人质的秦国公子异人。异人是秦国太子安国君的儿子，但是因为讨厌异人的母亲夏姬，因此异人被送到赵国当人质。赵国由于与秦国交战因此十分轻视异人。为此其处境有些困窘。吕不韦却从商人角度看到了他身上的价值。认为奇货可居，是值得投资的稀有"货物"，获取以便有朝一日赚取名利，也就是一个政治交易。于是决心进行政治投机，出谋出资支持异人取得王位继承权。异人自然非常高兴，并表示有朝一日成为国君，必将与吕不韦共享天下。

于是，吕不韦立即带了大量财宝去到秦国求见太子安国君十分宠爱的华阳夫人。吕不韦竭尽全能说服没有儿子的她（生过一个，死掉了）认异人为自己亲生儿子，并通过她要求安国君派人将异人接回秦国，改名子楚。此后，安国君答应华阳夫人要求立子楚为太子。几年后，秦昭王去世，安国君做了国君，即秦孝文王。孝文王即位一年后死去，子楚如愿以偿，继任国君，称为秦庄襄王。

异人当了秦庄襄王之后，为报答吕不韦的恩德，封吕不韦为丞相，成为一人之下，万人之上的显赫人物。庄襄王在位仅三年便病死了，由他十三岁的儿子政（赵姬所生）继承王位，便是历史上有名的秦始皇，尊吕不韦为仲父，行政大权全操在吕不韦的手中。

在那个年代，商人的地位是很低的，通常都被人们瞧不起。吕不韦虽然做了宰相，但文武百官都清楚他的过去，既看不起他，也不服他。吕不韦也十分清楚自己的处境，知道必须想办法来提高自己的声望。

当时养士之风甚盛，魏国的信陵君、楚国的春申君、赵国的平原君，以及齐国的孟尝君，这四君子礼贤下士、广纳贤才，并以此互相夸耀、竞争而闻名于各诸侯国。当时，各诸侯国中秦国实力最为雄厚，吕不韦心想：自己身为强大秦国的相国，但门下的宾客反而不如四君子多，委实令人羞愧。于是他派人四处招纳士人，并给予他们优厚的待遇，后来他门下的宾客多达三千人。

有一天，吕不韦召集门客进行商议，看看如何能提高他的威望。有的门客建议吕不韦统兵出征，灭掉几个国家，立下赫赫战功，以此来树立威信。有人立即反对说："这办法有百害无一利，即使把仗打胜了，回来也升不了官，因为没有比丞相还高的职务了。重要的是战争风险大大，谁也没有必胜的把握，万一战争失利，结果会适得其反。"他接着问其他人："还有别的好办法吗？"

过了一会儿，有一位门客说："我们大家都清楚，孔子是个大学问家，他著有《春秋》；孙子很会打仗，他写了《孙子兵法》。我想，如果我们也效仿前人，著书一部,既可以提高自己的地位,又可以为后人作些贡献。"

吕不韦听了很高兴,就立即组织他的门客开始这项工作。他再分门别类,编成"八览""六论""十二纪"三个部分,共计二十多万字。吕不韦自以为这部书包罗天地万物古今之事,故得意地取名为《吕氏春秋》。

《吕氏春秋》大约成书于公元前239年左右,当时正是秦国统一六国的前夕。作为中国历史上第一部有组织按计划编写的文集,该书上应天时、中察人情、下观地利,以道家思想为基调,坚持无为而治的行为准则,用儒家伦理定位价值尺度,吸收墨家的公正观念、名家的思辨逻辑、法家的治国技巧,加上兵家的权谋变化和农家的地利追求,形成一套完整的国家治理学说。该书编写的目的,就是为了给秦国统治者提供一套治国理政的理论体系。

据说,《吕氏春秋》编定后,吕不韦认为已经臻于完美;在相当全书总序的《序意篇》中就写道:"凡十二纪者,所以纪治乱存亡也,所以知寿夭吉凶也,上揆之天、下验之地、中审之人,若此,则是非可不可无所遁矣。"

为了检验这部书的质量，也是为扩大影响，吕不韦请人把全书誊抄整齐，"布咸阳市门，悬千金其上，延诸侯游士宾客有能增损一字者予千金"。也就是将书和赏金同时悬挂在首都咸阳城门，声称如果有谁能改动一字，即赏给千金。消息传开后，人们蜂拥前去，包括诸侯各国的游士宾客在内，却没有一个人能对书上文字加以改动。这也是典故"一字千金"的出处。

而这则后来浓缩为成语"掩耳盗铃"的寓言故事，给人们的启示也是深刻的。钟的响声不会因为你捂住耳朵而消失，就像客观事物不会因为我们看不见听不到而不存在；人的优点、缺点，也不会因为我们不知道而不存在。因为心理脆弱而不敢正视真相、逃避残酷的现实，最终不仅是徒劳的，还会自食苦果。

果不其然，不幸被吕氏言中。秦朝末年，秦始皇死于巡游途中，他的小儿子胡亥杀其兄自立为帝。此后陈胜吴广揭竿而起，群雄逐鹿，各地守官将叛乱的消息报到皇宫，可是秦二世讨厌这种消息，就将报告坏消息的人统统杀掉。从此秦二世身边再也没人敢于说出宫外的实际情况，而秦二世则沉醉于天下太平的幻想之中。忽然有一天，就听喊声大震，乱兵已经杀入宫中。当时秦二世大为吃惊，就问身边的侍从："这是怎么回事？"侍从回答："这是叛兵，他们已经叛乱很久很久了，现在来杀你了。"秦二世大为恼火："那你们怎么不告诉我？"侍从回答："正是因为我没告诉你，所以才活到今天。把坏消息告诉你的人，都被你杀了。"秦二世无语，最终为乱兵所杀。

作家王小波写过一篇《花剌子模信使问题》的文章，文章开头说："据野史记载，中亚古国花剌子模有一古怪的风俗，凡是给君王带来好消息的信使，就会得到提升，给君王带来坏消息的人则会被送去喂老虎。于是将帅出征在外，凡麾下将士有功，就派他们给君王送好消息，以使他们得到提升；有罪，则派去送坏消息，顺便给国王的老虎送去食物。"最终这个国家从兴盛到灭亡，只用了十年时间。

历史上，花剌子模在成吉思汗的攻击下迅速灭国确有其事，而王小波所说的花剌子模"送传递坏消息的信使"喂老虎的风俗却未必当真。王小波可能只是以此设喻,来引出他要讨论的问题,所以他在文中接着说:"花剌子模是否真有这种风俗并不重要,重要的是这个故事所具有的说明意义,对它可以举一反三。"也就是说,王小波在这里讲了一则寓言故事。

中国历史上,这类事例真不少。

《左传·哀公十三年》关于越国伐吴,就有这样的记载:"吴人告败于王,王恶其闻也,自刭七人于幕下。"《史记·吴太伯世家》也有相似的记录:"吴人告败于王夫差,夫差恶其闻也。或泄其语,吴王怒,斩七人于幕下。"吴王夫差自己讨厌听到打败仗的消息,当然也担心坏消息传出去,就将通报消息者全部杀掉了。

唐代罗隐在《谗书·卷一:吴宫遗事》中还据此编造了一个寓言:

> 越心未平,而夫差有忧色。一旦复筑台于姑苏之左,俾参政事者以听百姓之疾苦焉,以察四方之兵革焉。一之日,视之以伍员,未三四级且奏曰:"王

之民饥矣，王之兵疲矣，王之国危矣。"夫差不悦，俾嚭以代焉。毕九层而不奏，且倡曰："四国畏王，百姓歌王，彼员者欺王。"员曰："彼徒欲其身之丞高，固不暇为王之视也，亦不为百姓谋也，岂臣之欺乎？"王赐员死，而嚭用事。明年，越入吴。

就是说，吴王建高台，先让伍员（伍子胥）去监督，只建到三四层，伍子胥就带来坏消息；于是换了嚭（伯嚭）负责，一直到建好九层，伯嚭都只有好消息。最后，吴王杀了伍子胥，而重用了伯嚭。

《吕氏春秋·贵直论·壅塞》说：

> 亡国之主不可以直言。不可以直言，则过无道闻，而善无自至矣。无自至则壅。秦缪公时，戎强大。秦缪公遗之女乐二八与良宰焉。戎王大喜，以其故数饮食，日夜不休。左右有言秦寇之至者，因拎弓而射之。秦寇果至，戎王醉而卧于樽下，卒生缚而禽之。未禽则不可知，已禽则又不知。虽善说

者,犹若此何哉?齐攻宋,宋王使人候齐寇之所至。使者还,曰:"齐寇近矣,国人恐矣。"左右皆谓宋王曰:"此所谓'肉自生虫'者也。以宋之强,齐兵之弱,恶能如此?"宋王因怒而诎杀之。又使人往视齐寇,使者报如前,宋王又怒诎杀之。如此者三,其后又使人往视。齐寇近矣,国人恐矣。使者遇其兄,曰:"国危甚矣,若将安适?"其弟曰:"为王视齐寇。不意其近而国人恐如此也。今又私患,乡之先视齐寇者,皆以寇之近也报而死;今也报其情,死,不报其情,又恐死。将若何?"其兄曰:"如报其情,有且先夫死者死,先夫亡者亡。"于是报于王曰:"殊不知齐寇之所在,国人甚安。"王大喜。左右皆曰:"乡之死者宜矣。"王多赐之金。寇至,王自投车上,驰而走,此人得以富于他国。

吕氏认为,亡国的君主,不可直言相谏。君主不可直言相谏,过失就无法听到,贤人就无从到来。贤人无从到来,君主的思想就会壅塞不通。接着讲了两个故事:

秦穆公时，戎人势力强大。秦穆公就送给他们两队女子歌舞队和一些高明的厨师，戎王十分高兴。因为这个缘故，不管白天黑夜，不停地大吃大喝。身边有谁说秦军将会到来，戎王就开弓射他。后来秦军果然到了，这时戎王正喝得大醉躺在酒下面睡觉，结果被秦军活活地捆起来捉住了。戎王被捉以前，不可能使他知道将会被捉；就是被捉以后，自己还睡在梦中，仍然不知道已经被捉。对于这种人，即使是善于劝谏的人又有什么办法呢？

齐国进攻宋国，宋王派人去侦察齐军到了什么地方。派去的人回来说："齐寇已经临近了，国人已经恐慌了。"左右近臣都对宋王说："这完全是俗话说的'肉自己生出蛆虫'啊！凭着宋国的强大，齐兵的虚弱，怎么可能这样？"于是宋王大怒，把派去的人屈杀了。接着又派人去察看，派去的人的回报仍像前一个人一样，宋王又大怒，把他屈杀了。这样的事接连发生了三次，之后又派人去察看。其实，那时齐军确实已经临近了，国人确实已经恐慌了。派去的人路上遇见了他的哥哥。他的哥哥说：

"国家已经十分危险了,你还要到哪儿去?"弟弟说:"去替君主察看齐寇。没想到齐寇已经离得这么近,国人已经这么恐慌。现在我担心的是,先前察看齐军动静的人,都是因为回报齐军迫近被屈杀了。如今我回报真情是死,不回报真情恐怕也是一死。这该怎么办呢?"他的哥哥说:"如果回报真情,你又将比国破后被杀和逃亡的人先遭受灾难。"于是派去的人回报宋王说:"根本没看到齐寇在哪里,国人也非常安定。"宋王十分高兴。左右近臣都说:"可见先前被杀的人是该杀了。"宋王就赏赐这个人大量钱财。齐军一到,宋王自己已奔到车上,赶着车飞跑,急急忙忙逃命去了,这个人得以徙居他国,过着非常富足的生活。

《资治通鉴》卷第一百八十三关于隋炀帝杨广也有类似的记载:

> 帝问侍臣盗贼,左翊卫大将军宇文述曰:"渐少。"帝曰:"比从来少几何?"对曰:"不能什一。"纳言苏威引身隐柱,帝呼前问之。对曰:"臣非所

司，不委多少，但患渐近。"帝曰："何谓也？"威曰："他日贼据长白山，今近在汜水。比见奏贼皆不以实，遂使失于支计，不时翦除。又昔在雁门，许罢征辽，今复征发，贼何由息！"帝不悦罢。寻属五月五日，百僚多馈珍玩，威独献《尚书》。或谮之曰："《尚书》有《五子之歌》，威意甚不逊。"帝益怒。顷之，帝问威以伐高丽事，威欲帝知天下多盗，对曰："今兹之役，愿不发兵，但赦群盗，自可得数十万，遣之东征。彼喜于免罪，争务立功，高丽可灭。"帝不怿。威出，御史大夫裴蕴奏曰："此大不逊！天下何处有许多贼！"帝曰："老革多奸，以贼胁我！欲批其口，复隐忍。"蕴知帝意，遣河南白衣张行本奏："威昔在高阳典选，滥授人官；畏怯突厥，请还京师。"帝令按验，狱成，下诏数威罪状，除名为民。后月余，复有奏威与突厥阴图不轨者，事下裴蕴推之，蕴处威死。威无以自明，但摧谢而已。帝悯而释之，曰："未忍即杀。"遂并其子孙三世皆除名。

江都新作龙舟成，送东都；宇文述劝幸江都，右候卫大将军酒泉赵才谏曰："今百姓疲劳、府藏空竭，盗贼蜂起，禁令不行，愿陛下还京师，安兆庶。"帝大怒，以才属吏，旬日，意解，乃出之。朝臣皆不欲行，帝意甚坚，无敢谏。建节尉任宗上书极谏，即日于朝堂杖杀之。甲子，帝幸江都。虞世基以盗贼充斥，请发兵屯洛口仓，帝曰："卿是书生，定犹怯。"戊辰，车驾至巩。敕有司移箕山、公路二府于仓内，仍令筑城以备不虞。至汜水，奉信郎王爱仁复上表请还西京，帝斩之而行。至梁郡，郡人邀车驾上书曰："陛下若遂幸江都，天下非陛下之有！"又斩之。

炀帝向侍臣询问盗贼的情况，左翊卫大将军宇文述说："逐渐减少。"炀帝说："比过去少多少？"宇文述回答："不及过去的十分之一。"纳言苏威躲在柱子后面，炀帝把苏威叫到座前问他，苏威回答："我不是管这方面的官员，不清楚有多少盗贼，但贼患距京越来越近。"炀帝问："为什么这么说呢？"苏威说："过去盗贼只占据长白山，如今已近在汜水。近来看到上奏的贼情都不是实情，于是措施失当，对盗贼不能及时地加以剿灭。还有，以前在雁门时，已经许诺停止征伐辽东，现在又征发士兵，盗贼怎么能够平息？"炀帝听了不高兴，就作罢了。不久到了五月五日，百官中很多人都上贡珍玩之物，唯独苏威献上《尚书》，有人诋毁苏威说："《尚书》中有《五子之歌》，苏威的含意很不恭敬。"炀帝更加生气。过了不久，炀帝向苏威询问征伐高丽的事情，苏威想让炀帝了解天下有很多盗贼的情况，就回答说："现在征辽之事，但愿不要发兵，只要赦免群盗，自然可以得到几十万人，派他们去东征。这些人对被赦免罪过感到高兴，会竞相立功，高丽就可以被平灭。"炀帝不高兴。苏威退了出来，御史大夫裴蕴奏道："这太不恭敬了！天下哪里有许多盗贼！"炀帝说："这老家伙极为奸佞，拿盗贼来吓唬我，我想打他嘴巴，暂且再忍耐一下。"裴蕴知道炀帝的心意，就让河南平民张行本上奏说："苏威从前在高阳掌管挑选官员之事时，滥授官职，畏惧突厥，要求返回京师。"炀帝命人进行审查验证，构成罪状后，下诏历数苏威的罪状，将他除名为民。一个多月后，又有人奏报苏威与突厥暗中勾结图谋不轨，此事交由裴蕴追究法办，裴蕴判苏威死刑。苏威无法为自己申辩，只是非常伤感地谢罪而已。炀帝怜悯苏威就将他释放，说："不忍心马上杀他。"于是把苏威的子孙三代都除名为民。

江都新制造的龙舟完工，送到东都。宇文述劝炀帝巡游江都，右候卫大将军酒泉人赵才劝阻说："如今百姓疲惫劳苦，国库空竭，盗贼蜂起，禁令不行，希望陛下返回京师，安抚天下百姓。"炀帝勃然大怒，把赵才交司吏处治，过了十天，炀帝才平息了怒气，将赵才放出。朝中的大臣都不想让炀帝出行，但炀帝去江都之意非常坚决，没有敢于进谏的人。建节尉任宗上书极力劝谏，当天就在朝堂上被用杖打死。甲子（初十），炀帝驾临江都。虞世基因为盗贼充斥请求炀帝派兵屯驻在洛口仓，炀帝说："你是书生，必定还是恐惧畏缩。"戊辰（十四日），炀帝到达巩县，命令有关部门将箕山、公路二府移到洛口仓内，并命令修筑城池以备不测。炀帝到达汜水，奉信郎王爱仁又上表请求炀帝返回西京，炀帝杀死王爱仁又继续南行。他到达梁郡，梁郡有人半路拦阻车驾上书说："陛下若是一定要巡游江都，天下就将不是陛下的了！"炀帝又将上书人杀死。

不要以为只有昏君才会有这种招致丧国灭身的荒唐举动，被誉为千古圣主的汉高祖刘邦同样未能例外。

西汉初年，刘邦准备远征匈奴，于是先后多次派使者前去交往，目的是为了一探对方虚实。先后派出十批使者，回来都说匈奴不堪一击；最后派自己最信任的刘敬前去核实，结果刘敬认为匈奴在使者面前故意示弱，其中一定有诈，不可轻举妄动。可是，刘邦认为刘敬的话长了敌人的威风，灭了自己的士气，不仅大声斥骂，还将其五花大绑，押到前线。随后刘邦照原计划出兵，结果在白登被围，堂堂汉皇差点被为匈奴所擒。

《汉书·郦陆朱刘叔孙传》是这样描述当时的境况的：

> 汉七年，韩王信反，高帝自往击。至晋阳，闻信

与匈奴欲击汉,上大怒,使人使匈奴。匈奴匿其壮士肥牛马,徒见其老弱及羸畜。使者十辈来,皆言匈奴易击。上使刘敬复往使匈奴,还报曰:"两国相击,此宜夸矜见所长。今臣往,徒见羸瘠老弱,此必欲见短,伏奇兵以争利。愚以为匈奴不可击也。"是时汉兵以逾句注,三十余万众,兵已业行。上怒,骂敬曰:"齐虏!以舌得官,乃今妄言沮吾军。"械系敬广武。遂往,至平城,匈奴果出奇兵围高帝白登,七日后得解。高帝至广武赦敬,曰:"吾不用公言,以困平城。吾已斩先使十辈言可击者矣。"乃封敬二千户,为关内侯,号建信君。

前面我们说过,人类的文化是相通的;为什么如此?因为人性是相通的。

英文中就有一个谚语:"Shooting the messenger"或"Killing the messenger"即射杀信使或杀死信使。根据维基百科英文版的介绍,"Shooting the messenger"的最早出典是普卢塔克的《希腊罗马名人传》。书中是这么说的:"第一个带来卢库鲁斯来袭消息的信使,让提格兰感到极为不悦,命人将其砍头。这么一来,就再也没人敢来向他通报消息了。彻底断了情报来源,当战争已经在他身边爆发的时候,他却还是只爱听那些专门奉承他的人说的话。"

显然,跟捂住耳朵不会让钟声消失一样,射杀信使也不能让坏消息消失,而且还会招来杀身之祸。那么,到底是什么原因使这种行为中外皆然,屡屡出现呢?按照弗洛伊德的解释,射杀信使"多少算是防卫心理的一种表现,用来抵御令人痛苦和无法承受的事"。可是,类似的荒唐行为背后是否还有其他原因呢?

下面这则寓言也许能做出解释。

庄周游于雕陵之樊,一异鹊自南方来者,翼广七尺,目大运寸,感周之颡而集于栗林。

庄周曰:"此何鸟哉,翼殷不逝,目大不睹?"

蹇裳躩步,执弹而留之。

睹一蝉,方得美荫而忘其身,螳螂执翳而搏之,见得而忘其形；异鹊从而利之，见利而忘其真。

庄周怵然曰："噫！物固相累，二类相召也！"捐弹而反走，虞人逐而谇之。

庄周反入，三月不庭，蔺且从而问之："夫子何为顷间甚不庭乎？"

庄周曰："吾守形而忘身，观于浊水而迷于清渊。且吾闻诸夫子曰：'入其俗，从其令'。今吾游于雕陵而忘吾身，异鹊感吾颡，游于栗林而忘真，栗林虞人以吾为戮，吾所以不庭也。"

其实这则寓言最早出自《庄子·山木》，意思是：

庄子在雕陵栗树林里游玩，看见一只奇异的怪鹊从南方飞来，翅膀宽达七尺，眼睛大若一寸，碰着庄子的额头而停歇在果树林里。

庄子说："这是什么鸟呀，翅膀大却不能远飞，眼睛大视力却不敏锐？"于是提起衣裳快步上前，拿着弹弓静静地等待着时机。

这时突然看见一只蝉，正在浓密的树阴里美美地休息而忘记了自身的安危；一只螳螂用树叶作隐蔽打算见机扑上去捕捉蝉，螳螂眼看即将得手而忘掉了自己形体的存在；那只怪鹊紧随其后认为那是极好的时机，眼看即将捕到螳螂而又丧失了自身的真性。

庄子惊恐而警惕地说："啊，世上的物类原本就是这样相互牵累、相互争夺的，两种物类之间也总是以利相召引！"庄子于是扔掉弹弓转身快步而去，看守栗园的人大惑不解地在后面追着责问。

庄子返回家中，整整三天心情很不好。弟子蔺且跟随一旁问道："先生为什么这几天来一直很不高兴呢？"

庄子说："我留意外物的形体却忘记了自身的安危，观赏于混浊的流水却迷惑于清澈的水潭。而且我从老聃老师那里听说：'每到一个地方，就要遵从那里的习惯与禁忌。'如今我来到雕陵栗园便忘却了自身的安危，奇异的怪鹊碰上了我的额头，游玩于果林时又丧失了自身的真性，管园的人不理解我又进而侮辱我，因此我感到很不愉快。"

这个寓言故事后来又出现在刘向的《说苑·正谏》：

吴王欲伐荆，告其左右曰："敢有谏者死！"。舍人有少孺子者欲谏不敢，则怀丸操弹，游于后园，露沾其衣，如是者三旦。吴王曰："子来，何苦沾衣如此？"对曰："园中有树，其上有蝉，蝉高居悲鸣饮露，不知螳螂在其后也！螳螂委身曲附，欲取蝉，而不顾知黄雀在其傍也；黄雀延颈，欲啄螳螂，而不知弹丸在其下也！此三者皆务欲得其前利，而不顾其后之有患也。"吴王曰："善哉！"乃罢其兵。

春秋时期，吴国国王寿梦准备攻打荆地（楚国），遭到大臣的反对。吴王很恼火，在召见群臣的会上警告："胆敢劝告出兵的人，我将他处死！"

这时，有一个少年，知道自己地位低下，劝告必定没有效果，只会被处死。每天早晨，他拿着弹弓、弹丸在王宫后花园转来转去，用露水湿透他的衣，这样许多天。吴王很奇怪，问道："这是为何？"少年道："园中的大树上有一只蝉，它一面放声鸣叫，一面吸饮露水，却不知已有一只螳螂在它的后面；螳螂想捕蝉，但不知旁边又来了黄雀;而当黄雀正准备啄螳螂时,它又怎知我的弹丸已对准它呢?它们三个都只顾眼前利益而看不到后边的灾祸。"吴王一听很受启发,随后取消了这次军事行动。

这就是现在用来讽刺那些只顾眼前利益、不顾身后祸患的人,对鼠目寸光、利令智昏人提出警告的成语"螳螂捕蝉,黄雀在后"的出处。

那么,人们为什么会犯这种短视的毛病呢?《鹖冠子·天则》说:"一叶蔽目,不见泰山;两豆塞耳,不闻雷霆。"人们往往是闭目塞听,而看不到长远,觉察不到危险。一言以蔽之,就是利令智昏。

《吕氏春秋·去宥》中的另一个故事对这种行为的动机作出了解释:

> 齐人有欲得金者,清旦被衣冠,往鬻金者之所。见人操金,攫而夺之。吏搏而束缚之,问曰:"人皆在焉,子攫人之金,何故?"对吏曰:"取金之时,殊不见人,只见金耳。"

这位齐人的荒唐行为，源于他眼里只有金钱。三国魏邯郸淳所撰《笑林》中也有类似的故事：

> 楚人贫居，读《淮南子》，得"螳螂伺蝉自障叶可以隐形"，遂于树下仰取叶。螳螂执叶伺蝉，以摘之。叶落树下，树下先有落叶，不能复分别。扫取数斗归，一一以叶自障，问其妻曰："汝见我不？"妻始时恒答言"见"，经日，乃厌倦不堪，绐云"不见"。嘿然大喜，赍叶入市，对面取人物，吏遂缚诣县。县官受辞，自说本末。官大笑，放而不治。

说的是，有个楚国穷人想发财想疯了，因为读《淮南子》时看到书中写有"螳螂窥探蝉时用树叶遮挡掩护，可以隐蔽自己。"于是，他便站在树下仰面摘取树叶。当他看见螳螂攀着树叶伺机扑杀知了的时候，他便把这片螳螂用以隐身的树叶摘了下来。可是，树下原先已经有许多落叶，这枚树叶落到树底下和其他树叶混在一起，就再也无法分辨哪一片是螳螂隐身的树叶了。楚人便扫集收取树下的好几筐树叶拿回家中，一片一片地用树叶遮蔽自己，问妻子看不看得见他。妻子开始总是回答"看得见"，经过一整天，妻子已经被烦透了，再也无法忍受，于是只得敷衍他说："看不见。"楚人暗自高兴，立即携带着树叶进入集市，当着别人的面拿取人家的物品。不出意外，差役很快就把他捆绑起来送进了县衙门。县官听了楚人的陈述，被他的痴狂逗笑了，也就把他给释放了。

这个令人哭笑不得的故事，被命名为"楚人隐形"，有着更丰富的寓意：告诉人们利益不仅可以蒙蔽人的双眼，更让人的智商严重下降，到了白痴的程度。

北齐刘昼《刘子·贪爱》中有一个"石牛粪金"的故事：

> 蜀侯性贪，秦惠王闻而欲伐之。山涧峻险，兵路不通。乃琢石为牛，多与金，日置牛后，号"牛粪之金"，以遗蜀侯贪之，乃堑山填谷，使五丁力士，以迎石牛。秦人率师随后而至，灭国亡身，为天下

六　得而忘形，见利失真

所笑。以贪小利失其大利也。

有时，人们未必想贪图别人的便宜，仅仅是不顾事物的发展规律而急功近利，也会闹出笑话。比如我们耳熟能详的成语拔苗助长的出典——《孟子·公孙丑上》的一则寓言"揠苗助长"：

> 宋人有闵其苗之不长而揠之者，芒芒然归，谓其人曰："今日病矣！予助苗长矣！"其子趋而往视之，苗则槁矣。

又如成语"空中楼阁"的自典《百喻经·三重楼喻》：

> 昔有富人，痴无所知。至余富家，见三重楼，高广严丽，轩敞疏朗，心生渴仰，即作是念：我有财钱，不减于彼，云何顷来而不造作如是之楼？即唤木匠而问言曰："是我所作。"即便语言："今可为我

造楼如彼。"

是时，木匠即便经地垒墼作楼。愚人见其垒墼作舍，犹怀疑惑，不能了知，而问之言："欲作何等？"木匠答言："作三层屋。"愚人复言："我不欲下二重之屋，可先为我作最上屋。"木匠答言："无有是事。何有不作最下屋而得造彼第二之屋？不造第二，云何得造第三重屋？"愚人固言："我今不用下二重屋，必可为我作最上者。"

时人闻已，便生怪笑，咸作是言："何有不造下第一屋而得上者？"

需要指出的是，《百喻经》（全称《百句譬喻经》），颇受鲁迅先生看重。这部著作是古天竺僧伽斯那撰，南朝萧齐天竺三藏法师求那毗地译。《百喻经》称"百喻"，就是指有一百篇寓言故事。《百喻经》全文两万余字，每篇都采用两步式，第一步是讲故事，是引子；第二步是比喻，阐述一个佛学义理。它从梵文译成汉文，距今已经有一千五百多年的历史，也早已融入中华文化传统，成为影响我们精神生活的重要文化养料。

　　从掩耳盗钟到螳螂捕蝉，从楚人隐形到石牛粪金，中国古代哲人从无数的历史事件中，总结出了有关人性弱点的深刻经验和教训，如今已成为我们可以与世界上其他文化相互参照的、须臾不可轻忽的精神财富。

柒 狐狸、老虎、驴和鼠

"狐假虎威"的故事，出自《战国策·楚策一》，意思是狐狸假借老虎的威势吓退百兽。现在也是大家耳熟能详的成语了，常用来比喻仰仗或倚仗别人的权势来欺压、恐吓人。

　　战国时代，楚国最强盛的时候，楚宣王得知，当时的北方各国都惧怕他的手下大将昭奚恤。楚宣王感到奇怪，就问朝中大臣这究竟是为什么。有一位名叫江乙的大臣，便向他讲了下面这段话：

　　"某一天，老虎在林子里搜寻各种野兽来吃，好不容易捉到了一只狐狸，正准备饱餐一顿呢！可狐狸吓唬老

七　狐狸、老虎、驴和鼠

虎说：'你不该吃我，上天派我做百兽的首领，如果你吃掉我，就违背了上天的命令。你如果不相信我说的话，我在前面走，你跟在我的后面，看看群兽见了我，有哪一个敢不逃跑的。'老虎信以为真，于是就和狐狸同行，群兽见了老虎，都纷纷逃跑；老虎不知道群兽是害怕自己才逃跑的，却以为是害怕狐狸。现在大王您的国土方圆五千里，拥兵百万，却由昭奚恤独揽大权。所以，北方诸侯当然害怕昭奚恤。但是，您想过没有，北方诸侯到底是害怕昭奚恤，还是害怕大王您的军队呢？"

我们看看原文是怎么记录的：

荆宣王问群臣曰："吾闻北方之畏昭奚恤，果诚何如？"群臣莫对。

江乙对曰："虎求百兽而食之，得狐。狐曰：'子无敢食我也！天帝使我长百兽，今子食我，是逆天帝之命也。子以我为不信，吾为子先行，子随我后，观百兽之见我而敢不走乎？'虎以为然，故遂与之行；兽见之皆走。虎不知兽畏己而走也，以为畏狐也。今王之地方五千里，带甲百万，而专属于昭奚恤。故北方之畏昭奚恤也，其实畏王之甲也，犹如百兽之畏虎也。"

但从这个故事来看，狡狐之计是得逞了，可是他的威势完全是因为假借老虎，才能凭着一时有利的形势去威胁群兽，而那可怜的老虎被人愚弄了，自己还不自知呢！所以，寓言不仅丑化了狐狸的聪明，也挖苦了老虎的愚钝。

但是，如果结合上下文，我们就知道，江乙编这个故事，是意欲离间楚宣王与昭奚恤的关系，用心其实是有些险恶的。

江乙，又名江一，生卒年不详。虽然在楚宣王身边做官，其实他来自魏国。根据史书记载，距楚宣王在位时近三百年前，西周嬴姓诸侯江国被楚国所灭，江国后人向北方诸国逃难，并改为江姓。现在身为魏国人的江乙很可能就是江国后人，他对自己的祖上被楚国驱赶心怀不忿，并因而嫉恨被封于江国故地的昭奚恤，借机丑化陷害他是有可能的。

实际上，关于江乙主观恶意离间楚国君臣关系的事例，《战国策·楚策一》记录了不止一件。

> 江乙欲恶昭奚恤于楚王，而力不能，故为梁山阳君请封于楚。楚王曰："诺。"昭奚恤曰："山阳君无功于楚国，不当封。"江乙因得山阳君与之共恶昭奚恤。

翻译一下就是：大臣江乙想在楚王面前毁伤楚令尹昭奚恤，可是力量不足，所以，他就为当时在楚国的魏国山阳君请求封地。楚王说："可以。"昭奚恤说："山阳君对楚国没有功劳，不当受封。"于是，江乙就得到山阳君的支持，与他共同来毁伤昭奚恤。

> 魏氏恶昭奚恤于楚王，楚王告昭子。昭子曰："臣朝夕以事听命，而魏入吾君臣之间，臣大惧。臣非畏魏也！夫泄吾君臣之交，而天下信之，是其为

人也近苦矣。夫苟不难为之外,岂往为之内乎?臣之得罪无日矣。"王曰:"寡人知之,大夫何患?"

再翻译一下:来自魏国的江乙和山阳君在楚王面前诽谤昭奚恤,楚王把这事告诉了昭奚恤,昭奚恤说:"我一天到晚为君王卖命,而那些魏国人却介入我们君臣之间,我实在害怕啊!我不是害怕魏国人,我怕的是他们离间我们君臣的关系,而诸侯又听信那些离间之辞,这样做也太恶毒了。既然他们能在外边对人造谣中伤,还能不在朝廷中进行挑拨离间吗?我获罪的日子恐怕不远了吧。"楚王说: "我明白了。大夫还有什么可顾虑的呢?"

> 江乙恶昭奚恤,谓楚王曰:"人有以其狗为有执而爱之。其狗尝溺井,其邻人见狗之溺井也,欲入言之。狗恶之,当门而噬之。邻人惮之,遂不得入言。邯郸之难,楚进兵大梁,取矣。昭奚恤取魏之宝器,以居魏知之,故昭奚恤常恶臣之见王。"

江乙诽谤楚令尹昭奚恤，他对楚王说："有人因为他的狗凶猛有力，就很喜爱它。这只狗曾往井里撒尿，邻居看到狗往井里撒尿，要去告诉它的主人，狗怨恨他，就堵在门口要咬他。邻居怕狗咬，就不能进去告诉它的主人。魏国围攻赵都邯郸时，楚国如果进攻魏都大梁，就可以攻下。但昭奚恤收受了魏国给他的宝器，我住在魏国时知道他受贿的事，因此昭奚恤常常忌恨我，不让我和大王见面。"

江乙欲恶昭奚恤于楚，谓楚王曰："下比周，则上危；下分争，则上安。王亦知乎？愿王勿往也。且人有好扬人之善者，于王何如？"王曰："此君子也，近之。"江乙曰："有人好扬人之恶者，于王何如？"王曰："此小人也，远之。"江乙曰："然则且有子杀其父，臣弑其主者，而王终已不知者，何也？以王好闻人之美而恶闻人之恶也。"王曰："善。寡人愿两闻之。"

江乙想在楚国诽谤楚令尹昭奚恤,他对楚王说:"大臣结党营私,国君的地位就危险;大臣勾心斗角,国君的地位就安稳。大王您也知道这一点吗?希望大王不要忘记这一点,有这样一个人,他喜欢说别人的好话,大王您认为这个人怎么样?"楚王说:"这是个君子,我要接近这种人。"江乙说:"有这样一个人,他喜欢说别人的坏话,大王您认为这个人怎样?"楚王说:"这是个小人,我要远避这种人。"江乙说:"这么说来,有儿子杀死他父亲,大臣杀死他国君的,但大王终究不曾知道,这是为什么?是因为您只喜欢听别人的好话,而不喜欢听别人的坏话的缘故啊!"楚王说:"好,那我两方面的话都听吧。"

看看,至少就《战国策·楚策一》的这些记载,就知道在作者眼里,江乙完全是一个反派角色。这个人也太阴险了,应该属于那种巧言令色、播弄是非、爱耍小聪明的小人。在阴谋盛行、厚黑当道的年代,这样的人也许还能获得赞赏。

江乙的计谋,在《战国策·楚策一》的下面这段记

载中可谓发挥到了极致:

江乙说于安陵君曰:"君无咫尺之地,骨肉之亲,处尊位,受厚禄,一国之众,见君莫不敛衽而拜,抚委而服,何以也?"曰:"王过举而已。不然,无以至此。"

江乙曰:"以财交者,财尽而交绝;以色交者,华落而爱渝;是以嬖女不敝席,宠臣不避轩。今君擅楚国之势,而无以深自结于王,窃为君危之。"安陵君曰:"然则奈何?"江乙曰:"愿君必请从死,以身为殉,如是必长得重于楚国。"曰:"谨受令。"

三年而弗言。江乙复见曰:"臣所为君道,至今未效。君不用臣之计,臣请不敢复见矣。"安陵君曰:"不敢忘先生之言,未得间也。"

于是,楚王游于云梦,结驷千乘,旌旗蔽日,野火之起也若云霓,虎嗥之声若雷霆,有狂兕车依轮而至,王亲引弓而射,壹发而殪。王抽旃旄而抑兕首,仰天而笑曰:"乐矣,今日之游也!寡人万岁千秋之后，谁与乐此矣？"安陵君泣数行而进曰："臣入则纶席，出则陪乘。大王万岁千秋之后，愿得以身试黄泉，蓐蝼蚁，又何如得此乐而乐之。"王大说，乃封坛为安陵君。

这段文字后以《江乙说于安陵君》为题而广为流传，我们且来欣赏一下江乙的"智慧"：

江乙劝导安陵君，说："您对楚国没有丝毫的功劳，也没有骨肉之亲可以依靠，却身居高位，享受厚禄，百姓见到您，没有不整理衣冠，毕恭毕敬向您行礼的，这是为什么呢？"安陵君回答说："这不过是因为楚王错误地提拔我罢了；不然，我不可能得到这种地位。"江乙说："用金钱与别人结交，当金钱用完了，交情也就断绝了；用美色与别人交往，当美色衰退了，爱情也就改变了。所以，爱妾床上的席子还没有睡破，就被遗弃了；宠臣的马车还没有用坏，就被罢黜了；您现在独揽楚国的权势，可自己并没有能与楚王结成深交的东西，我为您非常担忧。"安陵君说："那可怎么办呢？"江乙说：

七 狐狸、老虎、驴和鼠

"希望您一定向楚王请求随他而死,亲自为他殉葬,这样,您在楚国必能长期受到尊重。"安陵君说:"谨遵您的教导。"

三年以后,安陵君仍然没有说什么。江乙又拜见,说:"我给您说的,到现在您也没有实行,您既然不采纳我的意见,我决定从此不再见您了。"安陵君说:"我实在不敢忘记先生给我的教导,只因没有遇到好机会啊!"

恰在这时,楚王要到云、楚地区去游猎,车马成群结队,络绎不绝,五色旌旗遮天蔽日,野火烧起来,好像彩虹,老虎咆哮之声,好像雷霆。忽然一头犀牛像发了狂似的朝车轮横冲直撞过来,楚王拉弓搭箭,一箭便射死了犀牛。楚王随手拔起一根旗杆,接住犀牛的头,仰天大笑,说:"今天的游猎,实在太高兴了!我要是百年之后,又能和谁一道享受这种快乐呢?"安陵君泪流满面,上前对楚王说:"我在宫内和大王挨席而坐,出外和大王同车而乘,大王百年之后,我愿随从而死,在黄泉之下也做大王的席垫,以免蝼蚁来侵扰您,又有什么比这更快乐的呢!"楚王听了大为高兴,就正式封他为安陵君。

安陵君何许人也？安陵君也是魏国人，以容貌俊美而得楚王赏识和器重，因为他没有任何拿得出手的功劳，所以楚王没有给他想要的名分；经谋士江乙点拨，他终于抓住机会用花言巧语向楚王表了忠心，结果如愿以偿了。

原文在这段叙述后，还加了一句："君子闻之曰：'江乙可谓善谋，安陵君可谓知时矣。'"真是颠覆三观啊，竟然有所谓君子听了这个故事后，夸江乙善谋、安陵君善于利用时机！

通观《战国策》和其他史籍所记楚宣王与江乙、安陵君和令尹昭奚恤的事迹，我们可以得出这样的印象：当时的楚国确实足够强大，文化也比较多元而开放，所以君臣之间尽管上演着一幕幕闹剧，仍然没有大碍。但是，这些故事如果发生在一个走向衰落的王朝，结果未必那么乐观。

无论如何，从某种意义上说，我们对寓言故事《狐假虎威》的误解还是有必要加以拨正的。江乙用这个故事中的狐狸和老虎来比附战功赫赫、敢于直言的昭奚恤与楚宣王的关系,是很不恰当的。在寓言故事中,狐狸是在生命受老虎威胁时才急中生智,想出了奉天帝之命巡视的借口;而现实生活中,昭奚恤并没有受到楚宣王的威胁,从而也没有必要编造这样的借口以自保。寓言故事中,狐狸主动地策划了老虎跟随在它身后巡视的环节以制造其具有威慑力的假象;而在现实生活中,昭奚恤并没有利用楚宣王的威势来抬高自我更没有以此作威作福的表现。

当然,作为一个寓言作品,《狐假虎威》一旦被创作出来,其传播和接受就不再受作者所控制了,人们对它的解读也可以见仁见智;而从这个寓言中提炼出的成语"狐假虎威"之所以如此流行,乃在于寓言作品所描述的行为,越来越多地出现在现实生活中了。

前面说过,中国寓言的一个显著特征是,多以人为主人公,而很少纯以动物为主角;但是诞生于战国时代的这则《狐假虎威》的寓言却是这少有的完全以动物为主角的典型。一千年后,唐代作家诗人柳宗元的寓言作品《三戒》等则再现了这一传统。

柳宗元（773—819），字子厚，河东（现山西运城永济一带）人，"唐宋八大家"之一，唐代文学家、哲学家、散文家和思想家。世称"柳河东""河东先生"，因官终柳州刺史，又称"柳柳州"。柳宗元与韩愈并称为"韩柳"，与刘禹锡并称"刘柳"，与王维、孟浩然、韦应物并称"王孟韦柳"。

柳宗元的祖籍是河东郡（河东柳氏与河东薛氏、河东裴氏并称"河东三著姓"），祖上世代为官。公元773年，柳宗元生出生于京城长安。四岁时，母亲卢氏和他住在京西庄园里，母亲的启蒙教育使柳宗元对知识产生了强烈的兴趣。柳宗元的幼年在长安度过，因此对朝廷的腐败无能、社会的危机与动荡有所见闻和感受。

公元785年（贞元元年），其父柳镇到江西做官。柳宗元随父亲宦游，直接接触到社会，增长了见识。他参与社交，结友纳朋，并受到人们的重视。不久，他回到了长安。能诗善文的父亲和信佛的母亲为他后来"统合儒佛"思想的形成奠定了基础。

公元792年，柳宗元被选为乡贡，得以参加进士科考试。793年，二十一岁的柳宗元进士及第，名声大振。不久，柳宗元的父亲柳镇去世，柳宗元在家守丧。796年，柳宗元被安排到秘书省任校书郎。798年，二十六岁的柳宗元参加了博学宏词科考试并中榜，授集贤殿书院正字（官阶从九品上）。801年，柳宗元被任命为蓝田尉（正六品）。803年十月，柳宗元被调回长安，任监察御史里行。从此与官场上层人物交游更广泛，对政治的黑暗腐败有了更深入的了解，逐渐萌发了要求改革的愿望，成为王叔文革新派的重要人物。

805年（贞元二十一年）一月二十六日，唐德宗驾崩，皇太子李诵继位，改元永贞，即顺宗。顺宗即位后，重用王伾、王叔文等人。柳宗元由于与王叔文等政见相同，也被提拔为礼部员外郎，掌管礼仪、享祭和贡举。（此时，在王叔文周围还有许多相同政见的政治人物，包括韩泰、韩晔、刘禹锡、陈谏、凌准、程异、陆质、吕温、李景俭、房启等人，他们形成了一个政治集团）。王叔文等掌管朝政后，积极推行革新，采取了一系列的改革措施，史称"永贞革新"。主要采取的革新措施有，抑制藩镇势力，加强中央的权力；废除宫市，罢黜雕坊、鹘坊、鹞坊、狗坊、鹰坊的宦官（称为五坊小儿）；贬斥贪官污吏；整顿税收，废除地方官吏和地方盐铁使的额外进奉，并试图收回在宦官和藩镇手中的兵权。因为顺宗生病，且病情日重，以俱文珍为首的宦官集团、朝臣与外藩联合反对改革派向朝廷施加压力，要其引退。

805年（永贞元年）四月，宦官俱文珍、刘光琦、薛盈珍等立广陵郡王李淳为太子，改名李纯。五月，王叔文被削翰林学士一职。七月，宦官、大臣请太子监国。同月，王叔文因母丧回家守丧。八月五日，顺宗被迫禅让帝位给太子李纯，史称"永贞内禅"。李纯即位，即宪宗。宪宗一即位就打击以王叔文和王伾为首的政治集团。八月六日，贬王叔文为渝州司户，王伾为开州司马，王伾到任不久后病死，王叔文不久也被赐死。永贞革新宣告失败，前后共一百八十多天。

永贞革新失败后，九月，柳宗元被贬为邵州刺史；十一月，在赴任途中，柳宗元被加贬为永州司马。王叔文政治集团的其他人也被贬为远州的司马，后称"二王八司马"。到职后的柳宗元暂居在龙兴寺。经过半年，柳宗元的母亲因病去世。

生活在永州的十年中，柳宗元在哲学、政治、历史、文学等方面进行钻研，并游历永州山水，结交当地士子和闲人，他写下《永州八记》（《柳河东全集》的五百四十多篇诗文中，有三百十七篇创作于永州）。

815年（元和十年）一月，柳宗元接到诏书，要他立即回京。二月，经过一个多月的跋涉，柳宗元回到了长安。在长安，柳宗元没有受到重用，由于武元衡等人的仇视，不同意重新启用。三月十四日，柳宗元被改贬为柳州刺史。三月底，柳宗元从长安出发，赴柳州，六月二七日抵达。

819年（元和十四年），宪宗实行大赦，宪宗在裴度的说服下，敕召柳宗元回京。十一月初八，柳宗元在柳州因病去世。享年四十七岁。

1158年（绍兴二十八年），宋高宗加封柳宗元为文惠昭灵侯。

柳宗元一生留诗文作品达六百余篇，其文的成就大于诗。骈文有近百篇，散文论说理性强，笔锋犀利，讽刺辛辣。游记写景状物，多所寄托，有《河东先生集》，代表作有《溪居》《江雪》《渔翁》。而他的寓言作品则继承并发展了《庄子》《韩非子》《吕氏春秋》《列子》《战国策》传统，并推陈出新，造意奇特，善用各种动物拟人化的艺术形象寄寓哲理或表达政见，讽刺、抨击当时社会的丑恶现象。其代表作有号称《三戒》的《临江之麋》《黔之驴》和《永某氏之鼠》，嬉笑怒骂，因物肖形，表现了高度的幽默讽刺艺术。

先看《三戒》之一的《临江之麋》：

> 临江之人，畋得麋麑，畜之。入门，群犬垂涎，扬尾皆来。其人怒。怛之。自是日抱就犬，习示之，使勿动，稍使与之戏。积久，犬皆如人意。麋麑稍大，忘己之麋也，以为犬良我友，抵触偃仆，益狎。犬畏主人，与之俯仰甚善然时啖其舌。三年，麋出门，见外犬在道甚众，走欲与为戏。外犬见而喜且

怒，共杀食之，狼藉道上。麋至死不悟。

说的是，临江有个人，打猎时捉到一只麋鹿，把它带回家饲养。刚一进门，一群狗流着口水，都摇着尾巴来了，那个人非常愤怒，便恐吓那群狗。从此主人每天都抱着小鹿接近狗，让狗看熟了，使狗不伤害它。后来又逐渐让狗和小鹿在一起玩耍。时间长了，那些狗也都按照主人的意愿做了。麋鹿逐渐长大，忘记了自己是鹿，以为狗真的是自己的朋友，时常和狗互相碰撞在地上打滚，越来越亲近。狗害怕主人，于是和鹿玩耍，和鹿十分友善，但时常地舔自己的嘴唇。多年之后，鹿走出家门，看见外面的很多狗在路上，跑过去想跟狗玩耍。这群野狗见了鹿既高兴又愤怒，一起把它吃掉了，路上一片狼藉。麋鹿到死也不明白这是为什么。

这篇寓言描写了临江之麋依仗主人的宠势而傲"内犬"，最终落得个被"外犬""共杀食之"的悲惨结局，影射了那些无才无德、依势放纵、恃宠而骄的奴才，讽刺了他们的悲惨命运，也警示那些无自知之明、认敌为友的人，结果可能会非常惨。古往今来，没有自知之明，躺在别人怀抱里讨口饭吃还自鸣得意的人，并不少见；从这种普遍存在的社会现象中提炼出一种典型的形象以揭示出深刻的讽喻意义，正是这篇作品以小见大的艺术魅力所在。

再看《黔之驴》：

> 黔无驴，有好事者船载以入。至则无可用，放之山下。虎见之，庞然大物也，以为神，蔽林间窥之。稍出近之，慭慭然，莫相知。
>
> 他日，驴一鸣，虎大骇，远遁；以为且噬己也，甚恐。然往来视之，觉无异能者；益习其声，又近出前后，终不敢搏。稍近，益狎，荡倚冲冒。驴不胜怒，蹄之。虎因喜，计之曰："技止此耳！"因跳踉大㘎，断其喉，尽其肉，乃去。
>
> 噫！形之庞也类有德，声之宏也类有能。向不出其技，虎虽猛，疑畏，卒不敢取。今若是焉，悲夫！

黔地本来没有驴，有一个喜欢多事的人用船运过来一头驴。运到后却没有什么用处，就把它放置在山脚下。老虎刚看到它时，觉得是个庞然大物，当作神一般的存在，只敢躲藏在树林里偷偷观察它。后来才慢慢地小心地出来接近它，仍然不知其为何物。

有一天，驴叫了一声，老虎吓了一跳，远远地逃走，认为驴要咬自己，非常害怕。但是老虎来来回回地观察它，并没有发现它什么特殊的本领。老虎渐渐地熟悉了驴的叫声，又前前后后地靠近它，但始终不与它搏斗。老虎又试图进一步地靠近驴子，假装十分亲近实则是用各种小动作来挑逗它。驴十分生气，就用蹄子踢老虎。老虎暗自思量，我这么冒犯它，也不过如此，看来，驴的本事也不过如此罢？于是跳起来大吼一声，咬断了驴的喉咙，吃光了它的肉，才离开。

讲完这个故事后，作者发出感叹说：唉！驴的外形如此庞大，看上去道貌岸然；它的叫声如此洪亮，又貌似能耐不小；如果它能始终不动声色，不出昏招，老虎虽然凶猛，以其多疑和对不确定的恐惧，终究不敢猎取驴子。如今竟然落得如此下场，可悲啊！

这篇寓言故事，后来提炼为一句成语，叫"黔驴技穷"。用来讽刺没有真本事却好虚张声势的人。

最后是《永某氏之鼠》：

> 永有某氏者，畏日，拘忌异甚。以为己生岁直子；鼠，子神也，因爱鼠，不畜猫犬，禁僮勿击鼠。仓廪庖厨，悉以恣鼠，不问。
>
> 由是鼠相告，皆来某氏，饱食而无祸。某氏室无完器，椸无完衣，饮食大率鼠之馀也。昼累累与人兼行，夜则窃啮斗暴，其声万状，不可以寝，终不厌。
>
> 数岁，某氏徙居他州；后人来居，鼠为态如故。其人曰："是阴类，恶物也，盗暴尤甚。且何以至是乎哉？"假五六猫，阖门，撤瓦，灌穴，购僮罗捕之，杀鼠如丘，弃之隐处，臭数月乃已。
>
> 呜呼！彼以其饱食无祸为可恒也哉！

说是永州有一家的主人，特别畏惧犯忌日。他认为自己出生的那一年是子年，老鼠就是子年的神，因此非常爱护老鼠，家里不许养猫养狗，禁止仆人击打老鼠；家里的仓库、厨房，全让老鼠恣意横行，放任不管。

因此老鼠们就相互转告，都来到他家里，大吃大喝却没有任何麻烦。这个人家里没有一样完整的东西，衣柜里没有一件完好的衣服；凡是吃喝的东西，大都是老鼠吃剩下的。大白天，老鼠成群结队和人在一起活动；到了夜晚，偷咬东西，打打闹闹，发出的声音千奇百怪，闹得人睡不成觉，而他始终不感到讨厌。

过了几年，这个人搬到别的州去了。后来搬进来另外一家人，但老鼠依旧闹得还像过去一样凶猛，以为这家人还跟以前的那家人一样。新搬来的人看到这阵势，百思不得其解："这些本来应该生活在阴暗角落的坏东西，竟然光天化日之下如此肆无忌惮地偷窃打闹，是怎么到这种地步的呢？"于是借来了五六只猫，关闭上大门，撤除家中的坛坛罐罐，往老鼠洞里灌水把老鼠都逼出来，并雇用仆人到处搜寻追捕，结果杀死的老鼠堆成了小山，老鼠的尸体最后被扔到阴沟里，臭味好几个月后才散去。

照例，作者在文末发出感叹说："哎！你们这群害人精，真的以为那种吃饱喝足并且没有灾祸的日子是可以持久的吗！"

这则寓言深刻有力地讽刺了纵恶逞凶的官僚和猖獗一时的丑类，巧妙地批判了封建社会丑恶的人情世态。文中所嘲讽的社会上"窃时以肆暴"的一类人，他们抓住侥幸得到的机会肆意胡作非为，以为能够"饱食无祸为可恒"，让人深恶痛绝。此文的警示意义在于：依仗外力保护所获得的安全和威福是不能持久的。

《三戒》是柳宗元在"永贞革新"失败后，他因参加这一进步改革而被贬作永州司马时所写。因此，作品的讽刺对象是十分明确的。但是，后人读这些作品，所看到的却不仅仅限于柳宗元个人的遭际和他切身的感受，而是作品对社会上普遍存在的某类人物丑恶行状和扭曲心态的鞭笞，所体验到的是一种乐见丑恶得到报应的痛快和仇恨得到纾解的共鸣，其教育意义也是无比深刻的。

清代浦起龙《古文眉诠》卷五十四评价柳宗元的寓言作品风格："节促而宕，意危而冷。猥而深，琐而雅，恒而警。"确实十分精到。

如果说狐假虎威代表了某种小人物的狡诈，那么黔驴技穷则象征着庸庸碌碌之徒的愚钝。前者貌似是凭借了大人物的威风而使自己得以保全生命，实则利用了大人物对上天（天帝）的某种敬畏；这样的计谋之所以能得逞，是因为他确信人们在信仰上是有一种共同的价值观的。后者则只剩下见识短浅和愚蠢可笑，他不知道外面的世界是什么样的，他以为永远可以活在自己的天地里，以为干吼几声乱踢几脚就能吓退强敌，所以只落得葬身虎口的悲惨下场。

战国时代，那是一个群雄并起逐鹿中原的狂飙突进、意气风发的时代，中华大地上各种文化以旺盛的生命力互相交融、共同成长，因此那时的寓言作品中的人物形象也是丰富多彩、活力四射、充满多重意蕴的。

而柳宗元所处的时代，是唐王朝由盛转衰的时期。他正出生于"安史之乱"后，他的幼年便是在穷困艰难中度过的。九岁时，又一次大规模的割据战争——"建中之乱"爆发，使柳宗元一家再一次饱尝战乱之苦。在他成长的岁月，整个社会在崩溃之中，他的人生经历也是饱受磨难。因此，他的寓言作品只能以笨驴、傻麋和悍鼠等为主角就不足为奇了。

捌 南郭先生与东郭先生

中国文化语汇中，有两位先生非常著名，一个是南郭先生，一个是东郭先生。

前者是寓言"滥竽充数"的主人公，后者是寓言《中山狼传》的主人公。南郭先生已经成为不学无术、冒充内行的代名词；东郭先生则是善恶不分、滥施同情的象征。

关于"滥竽充数"，《韩非子·内储说上》是这样写的：

齐宣王使人吹竽，必三百人。南郭处士请为王吹竽，宣王说之，廪食以数百人。宣王死，湣王立，好一一听之，处士逃。

　　一日，韩昭侯曰："吹竽者众，无以知其善者。"田严对曰："一一而听之。"

齐宣王喜欢听人吹竽，一定要三百人一起吹。南郭先生请求加入王家乐队，齐宣王高兴地接纳，进入乐队后，就跟那几百人一样享受各种待遇了。齐宣王死后，他的儿子也就是齐湣王继承了王位。齐湣王虽然也喜欢听人吹竽，但是他喜欢听一个一个地独奏；听到这个消息，南郭先生就逃跑了。

还有一种说法是关于韩昭侯的。韩昭侯说："吹竽的人多，我不知道谁吹得最好。"身边大臣田严建议说："那就不妨一个一个地听他们演奏。"

在第一种传说里，韩非子并没有交代南郭处士到底会不会吹竽，读者只能从南郭处士听到必须一个一个地演奏后的反应推测，他一定是害怕露馅而逃跑的；第二种说法挑明了，韩昭侯想知道谁吹得好，不知道怎么办，近臣田勇及时给出了逐个演奏的建议,却没有交代乐师们的反应。

可以这样理解,古人惜墨如金,因为这两个传说可以互相补充、互为印证,所以该省就省,无须赘言了。

这则寓言的主旨无非是讽刺那些不学无术、冒充内行的人,总有一天会败露;也提醒人们只要制度健全、严格把关,没有真才实学的人就很难立足了。

韩非子是战国晚期韩国(今河南新郑一带)人,韩王室诸公子之一,战国法家思想的集大成者。《史记》记载,韩非精于"刑名法术之学",与秦相李斯都是荀子的学生。韩非因为口吃而不擅言语,但文章出众,连李斯也自叹不如。他的著作很多,主要收集在《韩非子》一书中。韩非是战国末期带有唯物主义色彩的哲学家,但古人认为他是阴谋学家,韩非的著作中有很多内容是关于谋略的。目睹战国后期的韩国积贫积弱,韩非多次上书韩王,希望改变当时治国不务法制、养非所用、用非所养的情况,但其主张始终未被采纳。韩非认为这是"廉直不容于邪枉之臣",便退而著书,写出了《说林》

《说难》等著作，总共有十万余字。

作为寓言作品，滥竽充数的故事给我们的启示是多方面的。

不会吹竽的南郭先生混在三百人的乐队中装模作样地凑数，竟然可以得到赏赐，一旦要自己凭真实本领单独演奏时，南郭先生就只好逃之夭夭了。这个寓言比喻没有真才实学的人混在行家里面充数，或是用不好的东西混在好东西里充数。南郭先生也成了滥竽充数者的代名词。

当然，南郭先生也不是一无是处，他善于寻找机会、敢于尝试，并且能毛遂自荐、主动请缨；能够在高手如林的皇家吹竽乐队中混迹，而不被识破，表演的工夫肯定不差；会揣摩上司的喜好，并冒犯上欺君之罪的风险以假充真，非一般人可以想象；得知新主改弦更张，风向变了，立即主动下台走人，也算是识时务……

齐宣王在这里成了爱慕虚荣、附庸风雅、好讲排场的典型。南郭先生之所以能留在乐队中混日子，正与齐宣王的人格缺陷和认知障碍有关。

齐湣王也好不到哪儿去，他和自己的父王一样耽于享乐，只不过变个花样而已。

而同为王家乐队成员的那些乐师，他们跟南郭先生长期共事，怎会不知道他不会吹竽？或者自己也是滥竽充数之徒，彼此彼此，所以也就心照不宣，你好我好大家好，反正上头也糊涂，大家一起混日子反而更心安理得。

跟多少有些小丑色彩的南郭先生不同，《中山狼传》中的东郭先生就显得迂腐和可笑了。

> 赵简子大猎于中山，虞人道前，鹰犬罗后。捷禽鸷兽应弦而倒者不可胜数。有狼当道，人立而啼。简子垂手登车，援乌号之弓，挟肃慎之矢，一发饮羽，狼失声而逋。简子怒，驱车逐之。惊尘蔽天，足音鸣雷，十步之外不辨人马。时墨者东郭先生将北适中山以干仕，策蹇驴，囊图书，凤行失道，望尘惊悸。狼奄至，引首顾曰："先生岂有志于济物哉？昔毛宝放龟而得渡，随侯救蛇而获珠，蛇龟固

弗灵于狼也。今日之事，何不使我得早处囊中，以苟延残喘乎？异时倘得脱颖而出，先生之恩，生死而肉骨也。敢不努力以效龟蛇之诚！"

先生曰："嘻！私汝狼以犯世卿，忤权贵，祸且不测，敢望报乎？然墨之道，'兼爱'为本，吾终当有以活汝，脱有祸，固所不辞也。"乃出图书，空囊橐，徐徐焉实狼其中，前虞跋胡，后恐疐尾，三纳之而未克。徘徊容与，追者益近。狼请曰："事急矣，先生果将揖逊救焚溺，而鸣銮避寇盗耶？惟先生速图！"乃踞蹐四足，引绳而束缚之，下首至尾，曲脊掩胡，猬缩蠖屈，蛇盘龟息，以听命先生。先生如其指，内狼于囊，遂括囊口，肩举驴上，引避道左以待赵人之过。

已而简子至，求狼弗得。盛怒，拔剑斩辕端示先生，骂曰："敢讳狼方向者，有如此辕！"先生伏踬就地，匍匐以进，跽而言曰："鄙人不慧，将有志于世，奔走遐方，自迷正途，又安能发狼踪以指示夫子之鹰犬也，然尝闻之，'大道以多歧亡羊'。夫羊，一童子可制之，如是其驯也，尚以多歧而亡；狼非羊比，而中山之歧可以亡羊者何限？乃区区循大道以求之，不几于守株缘木乎？况田猎，虞人之所事也，君请问诸皮冠。行道之人何罪哉？且鄙人虽愚，独不知夫狼乎；性贪而狼，党豺为虐，君能除之，固当窥左足以效微劳，又肯讳之而不言哉？"简子默然，回车就道，先生亦驱驴兼程前进。

良久，羽旄之影渐没，车马之音不闻。狼度简子之去远，而作声囊中曰："先生可留意矣。出我囊，解我缚，拔矢我臂，我将逝矣。"先生举手出狼，狼咆哮谓先生曰："适为虞人逐其来甚速，幸先生生我。我馁甚，馁不得食，亦终必亡而已。与其饥死道路，为群兽食，毋宁毙于虞人，以俎豆于贵家。先生既墨者，摩顶放踵思一利天下，又何吝一躯啖我而全微命乎？"逐鼓吻奋爪，以向先生。

先生仓卒以手搏之，且搏且却，引蔽驴后，便旋而走，狼终不得有加于先生，先生亦竭力拒，彼此俱倦，隔驴喘息。先生曰："狼负我，狼负我！"狼曰："吾非固欲负汝，天生汝辈，固需吾辈食也。"相持既久，日昃渐移。先生窃念：天色向晚，狼复群至，吾死矣夫！因绐狼曰："民俗，事疑必询三老。第行矣，求三老而问之，苟谓我可食即食，不可即已。"狼大喜，即与偕行。

逾时，道无行人，狼馋甚，望老木僵立路侧，谓先生曰："可问是老。"先生曰："草木无知，叩焉何益？"狼曰："第问之，彼当有言矣。"先生不得已，揖老木具述始末，问曰："若然，狼当食我耶？"木中轰轰有声，谓先生曰："我杏也。往年老圃种我时，费一核耳，逾年华，再逾年实，三年拱把，十年合抱，至于今二十年矣。老圃食我，老圃之妻食我，外至宾客，下至于仆，皆食我；又复鬻实于市以规利，我其有功于老圃甚巨。今老矣，不得敛华就实，贾老圃怒，伐我条枚，芟我枝叶，且将售我工师之肆取直焉。噫！樗朽之材，桑榆之景，求免于斧钺之诛而不可得。汝何德于狼，乃觊免乎？是固当食汝。"

言下，狼复鼓吻奋爪，以向先生。先生曰："狼爽盟矣。矢询三老，今值一杏，何遽见迫耶？"复与偕行。

狼愈急，望见老牸曝日败垣，谓先生曰："可问是老。"先生曰："向者草木无知，谬言害事。今牛，禽兽耳，更何问为？"狼曰："第问之，不问将咥汝。"

先生不得已，揖老牸，再述始末以问，牛皱眉瞪目，舐鼻张口，向先生曰："老杏之言不谬矣。老牸茧栗少年时，筋力颇健，老农卖一刀以易我，使我贰群牛，事南亩。既壮，群牛日益老惫，凡事我都任之。彼将驰驱，我伏田车择便途以急左趋；彼将躬耕，我脱辐衡，走郊圻以辟榛荆。老农亲我犹左右手。衣食仰我而给，婚姻仰我而毕，赋税仰我而输，仓庾仰我而实。我亦自说，可得帷席之蔽如马狗也。往年家储无儋石，今麦收多十斛矣；往年穷居无顾借，今掉臂行村社矣，往年尘卮罂，涸唇吻，盛酒瓦盆半生未接，今酝黍稷，据尊罍，骄妻妾矣；

往年衣短褐，侣木石，手不知揖，心不知学，今持兔园册，戴笠子，腰韦带，衣宽博矣。一比一粟，皆我力也。顾欺我老弱，逐我荒野；酸风射眸，寒日吊影；瘦骨如山，老泪如雨；涎垂而不可收，足挛而不可举；皮毛具亡，疮痍未瘥。老农之妻妒且悍，朝夕进说曰：'牛之一身无废物也：肉可脯，皮可鞟，骨角且切磋为器。'指大儿曰：'汝受业庖丁之门有年矣，胡不砺刃于硎以待？'迹是观之，是将不利于我，我不知死所矣！夫我有功，彼无情，乃若是行将蒙祸。汝何德于狼，觊幸免乎？"言下，狼又鼓吻奋爪以向先生，先生曰："毋欲速。"

遥望老子杖藜而来，须眉皓然，衣冠闲雅，盖有道者也。先生且喜且愕。舍狼而前，拜跪啼泣，致辞曰："乞丈人一言而生。"丈人问故，先生曰："是狼为虞人所窘，求救于我，我实生之。今反欲咥我，力求不免，我又当死之。欲少延于片时，誓定是于三老。初逢老杏，强我问之，草木无知几杀我；次逢老牸，强我问之，禽兽无知，又将杀我；今逢丈人,岂天之未丧斯文也!敢乞一言而生。"因顿首杖下,俯伏听命。

丈人闻之,欷歔再三,以杖叩狼曰:"汝误矣。夫人有恩而背之,不祥莫大焉。儒谓受人恩而不忍者,其为子必孝;又谓虎狼知父子。今汝背恩如是,则并父子亦无矣。"乃厉声曰:"狼速去,不然,将杖杀汝。"

狼曰:"丈人知其一,未知其二,请愬之,愿丈人垂听!初,先生救我时,束缚我足,闭我囊中,压以诗书,我鞠躬不敢息,又蔓词以说简子,其意盖将死我于囊而独窃其利也。是安可不咥?"丈人顾先生曰:"果如是,是羿亦有罪焉。"先生不平,具状其囊狼怜惜之意。狼亦巧辩不已以求胜。丈人曰:"是皆不足以执信也。试再囊之,吾观其状,果困苦否。"狼欣然从之,信足先生。先生复缚置囊中,肩举驴上,而狼未知也。丈人附耳谓先生曰:"有匕首否?"先生曰:"有。"于是出匕。丈人目先生使引匕刺狼。先生曰:"不害狼乎?"丈人笑曰:"禽兽负恩如是，而犹不忍杀，子固仁者，然愚亦甚矣。从井以救人，解衣以活友，于彼计则得，其如就死地何？先生其此类乎！仁陷于愚，固君子之所不与也。"言已大笑，先生亦笑，遂举手且先生操刃区殪，弃道上而去。

这篇洋洋洒洒的长篇寓言作品，出自明代马中锡的《东田集》，大约是根据古代的传说，结合其本人对世事的感触敷衍而成。试着翻译一下：

赵简子在中山声势浩大地打猎，看山的官吏们在前面引路，猎鹰和猎犬紧随其后，一路上箭无虚发，被他猎杀的鸟兽数都数不过来。突然有一匹狼，像人一样站在道上号叫。简子吐口唾沫到手上，跳上车子，拿起宝弓，搭上利箭，一箭射中；因为距离近、用力猛，箭尾的羽毛都陷进去了，可是狼并没有死，而是哀嚎着逃跑了。这下赵简子生气了，立即驱车追赶它。扬起的尘埃遮天蔽日，马蹄之声如同雷鸣，十步之外，看不清人马。

当时墨家学者东郭先生要来北方的中山谋官。赶着跛脚驴，袋子里装着图书，清早赶路迷了道，望见扬起的尘埃非常害怕。狼突然来到，伸着脑袋看着他说："先生一定有志于救天下之物的吧？从前毛宝放生小白龟而在兵败落江时得白龟相助得以渡江活命，隋侯救了条蛇而得到宝珠，龟蛇本来就没有狼有灵性，今天这情景，何不让我赶紧待在袋子里得以苟延残喘呢？将来什么时候我如果能出人头地，先生的救命之恩，堪比让死人复活、白骨长肉，我一定会努力效仿龟蛇诚心相报！"

东郭先生说："私藏你冒犯世袭公卿，忤逆权贵，祸将不测，哪敢指望什么报答啊？然而墨家的宗旨，博爱为本，我一定要救你活命的。即使有祸，本来也不打算回避的。"说着便从袋子里拿出图书，空出袋子小心翼翼、慢条斯理地将狼装入其中。因为过于小心，前面怕踩着了它的下巴，后面怕压着了它的尾巴，所以再三装它都没成功。眼看着赵简子追赶的队伍越来越近了，狼请求道："事急啊！先生当真要像在救火救水时再三礼让、遇上抢劫摇铃躲避那样斯文吗？还是请先生赶紧动手啊！"说罢便蜷缩起四肢，拿绳子给先生绑起袋子，乖乖地听凭先生处置。东郭先生按照它的指示，把狼装进袋子里，便拴紧袋口，扛上驴背，退避到路旁，等候赵简子的人过去。

不久简子到，四下寻找没有看到狼的踪影，便对东郭先生有了怀疑，于是非常恼怒，一边拔剑疯狂地在车辕上乱砍，一边骂道："谁敢隐瞒狼的方向，就像这车辕一样的下场！"东郭先生将身体趴到了地上，匍匐着前进，一直跪着说："鄙人不是很聪明，但有志于对这世界有所贡献，远道而来，自己都迷失了道路，又怎么能指望我发现狼的踪迹，指示给你的鹰犬呢？我曾经听说：'大道因歧路而亡羊。'羊，一个孩童就可以制伏它，像羊这么驯服，还因为岔道多而丢失；狼不是羊可以比的，而中山的岔道之多，走丢多少只失羊都有可能，何况是狼呢？现在你仅仅沿着大路找它，不是正如守株待兔缘木求鱼吗？而且这狩猎，是看山人的事，您请去问那戴皮帽的看山人吧。我这过路的人有什么罪呢？鄙人虽然愚钝，难道不知道狼吗？生性贪婪而凶狠，和豺结伴作恶，您能除掉它，我本就应当尽力协助，又怎么会隐藏它而不说呢！"简子无言以对，回车上路。东郭先生也赶着驴子以加倍的速度赶路。

过了很久，扎着牦牛尾巴的旗子渐渐消失了，车马的声音也听不见了。狼估计赵简子打猎的队伍走远了，就在袋子里面发出声音说："先生可考虑了吧。把我从袋子里放出来，解掉绑我的绳子，拔掉我臂上的箭，我要走啊！"先生动手放出狼，狼却突然咆哮着对先生说："刚才被看山人追赶，他们来的太快，所幸先生救了我，我非常饿，饿了没有食物，也终将死掉玩完。与其饿死在路上，被众野兽吃掉，不如死在看山人手里，成为贵人家的盘中物。先生既然是墨家学士，累得从头到脚都是伤，不就是想为天下作一点贡献吗，又何必吝惜一副身躯让我吃而保全我的小命呢？"说着便伸嘴舞爪，向先生扑过了。

先生慌忙用手和它搏斗，边反抗边退，躲避在驴子后面，绕着圈跑，狼始终不能加害先生，先生也极力抗拒着，彼此都累了，隔着驴喘息。先生叫喊道："狼背叛我！狼背叛我啊！"狼却说："我本来不想背叛你的，可

八　南郭先生与东郭先生

天生你等，本来就是需要被我们吃的啊！"就这样相持了很久，太阳也快要落山了，先生私下想："天色就要晚了，狼又会成群来到，我死定了！"因此骗狼说："按照民俗，事情有疑问必定问三位老人。咱们只管走，找三个老人问他们，如果说我应当被吃掉就给你吃，不该吃就算了。"狼大喜，就和他一起前行。

过了一会儿，路上没有行人，狼非常馋，望见老树直立在路旁，对先生说："可以问这老树。"先生说："草木无知，问它有什么用？"狼说："只管问它，他会有话说的。"先生不得已，向老树作揖，详细叙述了事情的原委，然后问道："如此，狼应当吃我吗？"树中轰轰响发出声音，对先生说："我是杏树，当年老农种我时，只费一颗果核。过了一年开花，再过一年结果，三年有合掌那么粗，十年有合抱粗，到今天，二十年了。老农吃我，老农的老婆孩子吃我，外到宾客，下到仆人，都吃我。还在市场卖我谋利。我对老农有非常大的功劳。如今我老了，不能开花结果，惹得老农恼怒，砍伐我的枝条，剪除我的枝叶，还要把我卖给木匠店换钱啊。唉！我这已不成材的朽木，老态的光景，但求免除斧凿的杀戮都不行。你对狼有什么功德，就指望免死啊？这样的情况本来就应当吃你。"正说着，狼又张牙舞爪，要向先生身上扑。先生说："狼违背盟约啊！约定好问三位老人，现在只遇到一棵杏树，何必马上就逼迫呢？"接着再一起前行。

狼更加着急，望见一头老母牛，正在断墙之中晒太阳，就对先生说："可以问老牛。"先生说："前面草木无知，瞎话坏事。现在是牛，禽兽啊，又问它干什么？"狼说："只管问他，不问就吃了你。"先生不得已，向老母牛作揖，再次叙述事情的始末来询问。牛皱眉瞪眼，舔鼻子张嘴，向先生说："老杏的话不错啊！我老牛角还是如蚕茧栗子一般的时候，少年时筋骨颇为健壮有力，老农卖一把刀换到了我，让我做群牛的副手耕种田地，等到我长壮了，群牛日渐老而无力，凡事都由我来承担。他要奔驰驱使，我背负的是田猎的车，选择便利的道路急速奔驰；他要亲自耕种，我脱去背上的车梁走在郊野开辟荆棘。老农对待我犹如左右手。衣食仰仗我供给，嫁娶仰仗我完成，赋税仰仗我交付，粮囤仰仗我装满。我也自信，能够得到帷幄席子遮蔽风雨，享受马和狗一样的待遇。原来他家储蓄的粮食一石都没有，如今麦子的收成有十斛那么多；从前他穷得没人理睬，如今大摇大摆地到处显摆；往年他家酒坛积灰，嘴唇干裂，盛酒的瓦盆，半辈子没装过酒，如今粮食都用来酿酒，杯不离手，在妻妾面前骄横跋扈；往年他穿着粗布衣服，和树木石头为伴，不知道用手来作揖以表示对别人的尊重，不学无术，如今捧着书本，戴着冠冕，腰扎皮带，衣着华丽。一根丝一粒粟，都是我的功劳啊！但是如今欺负我年老体弱，赶我到郊野；冷风吹眼，形影相吊；瘦骨嶙峋，老泪如雨；口涎流得收不住，脚痉挛得抬不起；毛都掉光了，疮痍从未痊愈。老农的老婆既嫉恨又凶悍，常常对他说：'牛的一身没有废物啊：肉可以做肉脯，皮可以做皮革，骨头和角还能做成器皿。'指着大儿子说：'你在庖丁门下当学徒已经有年头了，为什么还不磨好刀等着呢？'照这样的迹象看来，是要不利于我，我恐怕死都不知道怎么死的！我虽有功，马上就要蒙受灾祸啊！

你对狼有什么功德，就指望免死啊？"正说着，狼又向先生扑过来了。先生赶忙说："不要急！"

这时，远远望见一个老人拄着木杖走过来，胡子眉毛洁白如雪，衣着打扮闲静雅致，料想应该是有道之人。先生又喜又惊，丢下狼啼哭着拜倒在老人面前说道："乞求老人一句话来救我活命！"老人询问原故，先生说："这狼被看山人逼迫，向我求救，我实际上是救了它。现在它反而要吃我，怎么央求都不行，我又要死在它手上。想稍微延迟一下，约定决定这事在于三老。最初碰到老杏，强迫我问它，草木无知，几乎杀了我；接着碰上老母牛，强迫我问它，禽兽无知，又要杀我。现在碰上老人，说明天下还没有到斯文丧尽的地步啊！斗胆乞求您一句话救我活命。"说着又在老人的手杖下磕头，匍匐着等待老人的吩咐。

老人听了，叹息再三，用手杖叩击狼说道："你错啦！别人对你有恩而背叛他，没有比这更让人不安的了！儒家说，受人恩而不忍心背叛的人，为人子必定孝顺；又说即使是虎狼一类的野兽，同样懂得父子亲情。如今你背叛有恩的人到如此地步，就是连父子之情也丧尽了。"便厉声道："狼赶快滚，不然，将用这根手杖打死你！"

狼说："老人你只知其一，不知其二。请让我把它说清楚，希望老人您屈尊听一听。当初，先生救我的时候，捆绑我的脚，把我封闭在袋子里，还压上诗书，我曲着身子不敢喘息。他还编造谎言说服简子，他的意思可能是要让我死在袋子里，而独自窃取这好处。这样的人怎么能不吃他？"老人看看先生说："果然这样的话，这后羿也是有罪啊。"先生认为不公平，于是又详细地描述了他把狼装到袋子时的那种怜惜之态。狼又不停地狡辩，希望能压过东郭先生。老人说："你们两个的说法都不足以令人信服。要不试着再把狼装到袋子里，我要看看情形到底如何，才能得出结论。"狼欣然接受了老人的建议，伸脚给先生。先生又绑了狼放进袋子里，扛到驴背上，而狼并没有意识到将发生什么。老人趴在先生的耳朵旁对他说："有匕首没有？"先生说："有。"于是拿出匕首。老人用眼神示意先生拿匕首刺狼。先生说："这不是害狼吗?"老人笑道:"禽兽背叛恩德如此,还不忍心杀,您的确是仁者,然而也够愚蠢的了!为了救跳井的人跟着一起跳进井里,为了救受冻的友人而把自己脱光,从对方来考虑也许是好的,但那样做,跟置自己于死地有什么不同呢?先生您就是这类人吗?仁慈到陷入愚蠢,本来就是君子所不赞成的啊。"说完大笑,东郭先生也羞愧地笑了。老人抬手帮先生操刀,两人一起把狼杀了,并将狼丢弃在路上后扬长而去。

这个故事写得绘声绘色,真是太精彩了;因为写得过于逼真,也让人读后心有余悸,不胜唏嘘。

马中锡,字天禄,号东田,河北故城(今属河北)人。成化十一年(1475)进士,授刑科给事中,开始任辽东巡抚,召为兵部侍郎。因为弹劾刘瑾党羽中虚报边防战功而获得升迁的官员,遭到刘瑾忌恨,被免去官职,贬为平民。刘瑾被皇帝诛杀后,马中锡又被起用,任大同巡抚,召为右都御史。后奉命讨伐刘六、刘七,因为他认为刘六、刘七的叛乱完全是由于酷吏、太监所激成,因而主张用"招抚"手段来诱降。但刘六等感到明王朝统治者的不可信任，拒绝招降，继续坚持斗争。马中锡因此遭到统治集团内部的攻击，以"纵贼"的罪名被捕入狱，一年后病死狱中。

清代文人说马中锡为文有隽才，于诗尤工；评论者认为他的诗文风格早期像晚唐最具影响力的诗人之一许浑，后期则与写出了《逢雪宿芙蓉山主人》的唐代诗人刘长卿和唐代文学大家陆龟蒙接近。马中锡身后有文集传世，文集为清康熙丁亥中锡乡人贾棠所刊，以其号名之为《东田集》。东田即东郊之田野。过去厌倦仕途的知识分子，往往以躬耕东田，表达隐退的思想。《梁书·沈约传》："立宅东田，瞩望郊阜。"唐储光羲《同王维偶然作》诗："我念天时好，东田有稼穑。"马中锡号东田，也有这个意思。《东田集》后收入《四库全书》，名为《别本东田集》。《别本东田集》包括文五卷，诗十卷。

《中山狼传》出自《东田集》第五卷。关于这篇寓言作品的创作动机，《嵩阳杂识》有这样一种说法："李空同与韩贯道草疏，刘瑾切齿，必欲置之死，赖康浒西营救而脱。后浒西得罪，空同议论稍过严，人作《中山狼传》以诋之。"王士禛《居易录》也说《中山狼传》是为讽刺李梦阳（即李空同）背叛康海（即康浒西）而作。不过这种说法未必可信，古人也感到有一点是说不通的，虽然康海以救李梦阳而遭连累，李梦阳也确实没有想办法去营救他，但是，李梦阳也没有恩将仇报，像作品中所描绘的狼那样逞凶反噬啊！因此，我们有理由相信，马中锡创作此文，一定另有所指。

确实，如果我们将此文看作一篇报复的檄文，那无疑贬低了它的文学价值。其实，作者通过这个寓言，深刻揭示了一类人像狼一样的凶恶本质：他们在遇到危险的时候，也会装作软弱可怜的样子，以迷惑那些思想糊涂的人，求得他的庇护，保全自己。危险一过，就立刻露出吃人的本性，连救命恩人也不肯放过。对待吃人的狼，就只能坚决、彻底地消灭它。但是东郭先生恰巧不明白这一点，他对狼也"兼爱"，表示怜悯，这些弱点正为狼所利用，结果几乎被狼吃掉了。可是像东郭先生那样对敌人存着幻想的人，往往不是一次教训就能使他真正认清是非的。当老人最后要东郭先生杀死中山狼的时候，他又发起"不害狼乎"的慈悲来，因而被老人斥为"仁陷于愚"。

当然，这部长篇寓言作品内容是十分丰富的，给我们的启迪也是多方面的。狼的狡猾凶残、忘恩负义固然令人憎恶，东郭先生的迂腐、软弱也既令人同情又让人郁闷——用鲁迅先生的话说，是哀其不幸，怒其不争；作为儒家智者代表的老人的机智果敢则令人敬佩。更为难得的是，寓言作品中意气风发的赵简子的形象、无事生非的杏树的形象、怨妇母牛的形象、小富即骄忘乎所以的农民及其妻子儿女的形象，都被刻画得惟妙惟肖、栩栩如生，具有不同程度的警醒意义。

值得一提的是，赵简子在历史上也是确有其人。赵简子（？—前476年），原名赵鞅，又名志父，亦称赵孟，系春秋时期晋国赵氏的领袖，《赵氏孤儿》中的孤儿赵武之孙。晋昭公时，公族弱，大夫势力强，赵简子为大夫，专国事，致力于改革，为后世魏文侯李悝变法、秦孝公商鞅变法和赵武灵王改革首开先河。他是杰出的政治家，军事家，外交家，改革家。战国时代赵国基业的开创者，郡县制社会改革的积极推动者，先秦法家思想的实践者，对春秋战国的历史发展起了推波助澜的作用，与其子赵无恤（即赵襄子）并称"简襄之烈"。

正如《旧唐书·魏徵传》记唐太宗李世民所言："以铜为镜，可以正衣冠；以古为镜，可以知兴替；以人为镜，可以明得失。"在中国文化中，无论是南郭先生，还是东郭先生，都作为反面教员，参与了国民性的塑造和改良，并将继续伴随着中华民族的伟大复兴，始终发挥着镜鉴作用。

玖 橘与枳,梅与人

常言道，一方水土养一方人。意思是不同的自然环境，会塑造不同的民风，造就不一样的人才；还有一层意思是，任何地方，只要人民坚持不懈，长期耕耘，总能找到与自然和谐相处的方法，并获得休养生息，形成具有特色的地域文化。

这是我们古代先贤很早就具备的认知，这样的认知不仅指导着中华民族繁衍生息的生产生活实践，也体现在各种历史典籍和文学作品之中。

《晏子春秋·内篇·杂下》有这样的记载：

晏子将使楚。楚王闻之，谓左右曰："晏婴，齐之习辞者也。今方来，吾欲辱之，何以也？"左右对曰："为其来也，臣请缚一人，过王而行，王曰：'何为者也？'对曰：'齐人也。'王曰：'何坐？'曰：'坐盗。'"

晏子至，楚王赐晏子酒，酒酣，吏二缚一人诣王，王曰："缚者曷为者也？"对曰："齐人也，坐盗。"王视晏子曰："齐人固善盗乎？"晏子避席对曰："婴闻之，橘生淮南则为橘，生于淮北则为枳，叶徒相似，其实味不同。所以然者何？水土异也。今民生长于齐不盗，入楚则盗，得无楚之水土使民善盗耶？"

王笑曰："圣人非所与熙也，寡人反取病焉。"

这里的楚王，即楚灵王（？—公元前529年），芈姓，熊氏，初名围，是楚共王的次子，春秋时代有名的穷奢极欲、昏暴之君。他本来没有资格做国王，楚郏敖四年（庚申，公元前541年），楚郏敖生病卧床，于是，芈熊虔借口入宫探病之时，用束冠的长缨将楚郏敖勒死，于公元前540年自立为楚国国君，更名为虔。公元前531年，蔡灵侯至楚，楚灵王杀之，蔡国灭亡。公元前530年，派兵围徐，威胁吴国。公元前529年楚国人民推翻了他的统治，灵王逃亡，随从相继离去，最后吊死郊外。

故事说的是，以能言善辩著称的齐国大夫晏婴即将出使楚国，楚灵王为了羞辱晏子，事先策划在招待晏婴的宴会上，让手下人将一个犯人模样的人捆上殿来。楚王故意问："这个人是干什么的？"臣子答道："齐国人，犯了偷盗罪。"于是楚王就问晏子："齐国人本来就善于偷盗的吗？"机智善辩的晏子不卑不亢地说道："我听说，橘树生长在淮河以南就是橘树，生长在淮河以北就变成了枳树，它们只是叶子相似，而果实味道却不一样了。为什么会这样呢？就是因为水土不一样了。这人生长在齐国不偷盗，到了楚国就偷盗，该不会是楚国的水土让人变得善于偷盗了吧？"本想羞辱晏婴结果反被羞辱的楚王只得尴尬地笑着说："圣人是不能开玩笑的，我反而自取其辱了。"

《晏子春秋》是记载春秋时期（公元前770年—公元前476年）齐国政治家晏婴言行的一部历史典籍，用史料和民间传说汇编而成，书中记载了很多晏婴劝告君主勤政，不要贪图享乐，以及爱护百姓、任用贤能和虚心纳谏的事例。《晏子春秋》据信经过刘向的整理，现存内、外八篇，二百一十五章。过去疑古派认为《晏子春秋》是伪书，所以曾长期被冷落。这一说法被1972年银雀山汉墓出土文献所推翻，其史料价值和文学价值重新获得重视。

根据复旦大学出版社原总编辑高若海编审的考证，生活于南北朝时期的著名文学理论家、文学批评家刘勰就曾称《晏子春秋》一书"事核而言练"（《文心雕龙·诸子》）。这篇短文即鲜明体现了这一特点。全文描写楚王与晏子的问答，用墨不多，文字精练，论辩双方的神态、辩词的锋芒，皆表现得准确而生动。特别是人物语言的运用，颇符合人物的身份。全文楚王的话并不多，且多为设问口气："缚者曷为者也？""齐人固善盗乎？"短短几问，便把楚王目空一切、傲慢无礼的神情传达得活灵活现。"寡人反取病焉。"又把他奚落人反被人奚落的尴尬面孔呈现于纸面。而晏子的反诘,句句千金,充分表现出他以国家尊严为重的凛然气节,以及善于与论敌周旋的外交才干。(《古文鉴赏辞典珍藏本·上》)

在这段记载中,晏子用以有效还击楚王挑衅的,就是"南橘北枳"的寓言故事。跟许多寓言故事一样,"南橘北枳"后来也成为一句成语,常用来比喻一旦环境改变,事物的性质也可能随之改变。"南橘北枳"还讲明了一个道理——适者生存。生存竞争中只有适应环境者才有生存机会。生物是生存在大环境当中的,就需要根据环境的变化也随之变化。"南橘北枳"也暗示了一种生存之道。无论一个人从南方到北方去生活,还是从北方到南方去生活,都首先要适应当地的气候环境和人文环境。入国问禁,入乡随俗,说的就是这个意思。

应该说,生活在幅员辽阔气候多样的疆域,具备浓郁的天人合一思想传统的中国古代先民,对植物与气候、人与环境之间微妙关系的认识是领先的。同样,经过漫长的国家治理实践的锤炼,中国先贤对臣子与君主、个人与社会之间的微妙关系也有了系统的认识。这样的经验和智慧也体现在大量的寓言作品之中。

《战国策·楚策一》记录了楚威王和大臣莫敖子华的一段对话。威王听了莫敖子华对过去五位楚国名臣光辉事迹的介绍，羡慕不已，慨叹道："当今人才断层，哪里能找得到这样的杰出人物呢？"于是莫敖子华讲了楚灵王的另一个的故事：

从前，先帝楚灵王喜欢读书人有纤细的腰身，楚国的士大夫们为了细腰，大家每天都只吃一顿饭，所以，饿得头昏眼花，站都站不起来。坐在席子上的人要站起来，非要扶着墙壁不可，坐在马车上的人要站起来，一定要借力于车把。谁都想吃美味的食物，但人们都忍住了不吃，为了腰身纤细，即使饿死了也心甘情愿。我又听说，君王好射箭的，那他的臣子都会全幅装备每天练射箭。大王一直没有特别的爱好，如果大王真心诚意喜欢贤人，引导大家都争当贤人，像五位前贤一样的能臣一定会出现。

这就是著名的"楚王好细腰"的出典。

上有所好，下必甚焉。这是上下关系的规律。《墨子·兼爱》讲了相同的故事，但另有"晋文公好恶衣"和"越王好勇士"两个故事，强调说明同样的道理：

> 昔者晋文公好士之恶衣，故文公之臣皆牂羊之裘，韦以带剑，练帛之冠，入以见于君，出以践于朝。是其故何也，君说之，故臣为之也。
>
> 昔者楚灵王好士细腰，故灵王之臣皆以一饭为节，胁息然后带，扶墙然后起。比期年，朝有黧黑之色。是其故何也？君说之，故臣能之也。
>
> 昔越王勾践好士之勇，教训其臣，和合之焚舟失火，试其士曰："越国之宝尽在此。"越王亲自鼓其士而进之。士闻鼓音，破碎乱行，蹈火而死者左右百人有余。越王击金而退之。

翻译一下就是：

从前晋文公喜欢士人穿粗劣的衣服，所以文公的臣下都穿着母羊皮缝的裘，围着牛皮带来挂佩剑，头戴熟绢做的帽子，这身打扮进可以参见君上，出可以往来朝廷。这是什么缘故呢？因为君主喜欢这样，所以臣下就这样做。

从前楚灵王喜欢细腰之人，所以灵王的臣下就吃一顿饭来节食，吸一口气然后系上腰带，扶着墙才站得起来。一年后，朝廷之臣一个个都面黄肌瘦。这是什么缘故呢？因为君主喜欢这样。

从前越王勾践喜爱士兵勇猛，训练他的臣下时，先把他们集合起来，然后放火烧船，考验他的将士说："越国的财宝全在这船里。"越王亲自擂鼓，让将士前进。将士听到鼓声，争先恐后，打乱了队伍，蹈火而死的人，近臣达一百人有余。越王发现不对头，只得鸣金让他们退下。

"楚王好细腰"的寓言故事对后世影响很大，在历史典籍中被广为引用。在这些古籍中，"楚王好细腰"的陈述明显地浓缩自《战国策·楚策一》或《墨子·兼爱》篇。如《韩非子》"二柄"篇就有"故越王好勇，而民多轻死。楚灵王好细腰，而国中多饿人"；《晏子春秋》外篇（上）有"越王好勇，其民轻死。楚灵王好细腰，其朝多饿死人"；《管子》七臣七主篇有"夫楚王好细腰，而美人省食。吴王好剑，而国士轻死"等，都类同于《兼爱》篇。这些著作在引用时已经不再叙述"楚王好细腰"的故事细节，而是一句话带过，不愁读者不能理解；可见在写作这些章节时，这个故事已经家喻户晓，无须多费笔墨，换言之，这个故事早已成为人人皆知的典故了。

作为一个独立的寓言作品，《楚王好细腰》既写出了楚灵王的不良嗜好，也映照出了满朝臣子的谄媚之态；更重要的是，作品揭示了人际关系中一种"上行下效"的规律，告诉统治者人才培养和选拔的奥妙。

本书前面所讲的好几个寓言故事都是跟人才选拔有关的，比如"守株待兔""九方皋相马"和"按图索骥"等，这里说的"楚王好细腰"也是从楚威王与大臣之间关于人才的讨论引出来的故事，可见，人才问题是历代爱国文人（具体体现为古籍的编撰者）十分重视的问题。

自先秦迄至晚清，这样的传统从未断绝。说起清代文人的人才观，我们不能不提喊出了"我劝天公重抖擞，不拘一格降人才"口号的龚自珍。

龚自珍（1792—1841），清代思想家、文学家及改良主义的先驱者。二十七岁中举人，三十八岁中进士。曾任内阁中书、宗人府主事和礼部主事等官职。主张革除弊政，抵制外国侵略，曾全力支持林则徐禁除鸦片。四十八岁辞官南归，次年暴卒于江苏丹阳云阳书院。著有《定庵文集》，留存文章三百余篇，诗词近八百首，今人辑为《龚自珍全集》。他的诗文主张"更法""改图"，揭露清统治者的腐朽，洋溢着充沛的爱国热情，被近代著名爱国诗人柳亚子誉为"三百年来第一流"。著名诗作《己亥杂诗》共三百十五首，其中传播最广的一首就是《己亥杂诗·其二百二十》："九州生气恃风雷，万马齐喑究可哀。我劝天公重抖擞，不拘一格降人才。"而他的文章中，最耳熟能详的则是这里要讲的一篇寓言作品《病梅馆记》：

江宁之龙蟠，苏州之邓尉，杭州之西溪，皆产梅。或曰："梅以曲为美，直则无姿；以欹为美，正则无景；以疏为美，密则无态。"固也。此文人画士，心知其意，未可明诏大号以绳天下之梅也；又不可以使天下之民斫直，删密，锄正，以夭梅病梅为业以求钱也。梅之欹之疏之曲，又非蠢蠢求钱之民能以其智力为也。有以文人画士孤癖之隐明告鬻梅者，斫其正，养其旁条，删其密，夭其稚枝，锄其直，遏其生气，以求重价，而江浙之梅皆病。文人画士之祸之烈至此哉！

予购三百盆，皆病者，无一完者。既泣之三日，乃誓疗之：纵之顺之，毁其盆，悉埋于地，解其棕缚；以五年为期，必复之全之。予本非文人画士，甘受诟厉，辟病梅之馆以贮之。

呜呼！安得使予多暇日，又多闲田，以广贮江宁、杭州、苏州之病梅，穷予生之光阴以疗梅也哉！

江宁的龙蟠里，苏州的邓尉山，杭州的西溪，都出产梅。有人说："梅凭着弯曲的姿态被认为是美丽的，笔直了就没有风姿；凭着枝干倾斜被认为是美丽的，端正了就没有景致；凭着枝叶稀疏被认为是美丽的，茂密了就没有姿态。"本来就如此。（对于）这，文人画家在心里明白它的意思，却不便公开宣告，大声疾呼，用（这种标准）来约束天下的梅。又不能够来让天下种梅人砍掉笔直的枝干、除去繁密的枝条、锄掉端正的枝条，把枝干摧折、使梅花呈病态作为职业来谋求钱财。梅的枝干的倾斜、枝叶的疏朗、枝干的弯曲，又不是那些忙于赚钱的人能够凭借他们的智慧、力量做得到的。有的人把文人画士这隐藏在心中的特别嗜好明白地告诉卖梅的人，（使他们）砍掉端正的（枝干），培养倾斜的侧枝，除去繁密的（枝干），摧折它的嫩枝，锄掉笔直的（枝干），阻碍它的生机，用这样的方法来谋求大价钱，于是江苏、浙江的梅都成病态了。文人画家造成的祸害严重到这个地步啊！

我买了三百盆梅，都是病梅，没有一盆完好的。我已经为它们流了好几天泪之后，于是发誓要治疗它们：我放开它们，使它们顺其自然生长，毁掉那些盆子，把梅全部种在地里，解开捆绑它们棕绳的束缚；把五年作为期限，一定使它们恢复完好。我本来不是文人画士，心甘情愿受到辱骂，开设一个病梅馆来贮存它们。

唉！怎么能让我有多一些空闲时间，又有多一些空闲的田地，来广泛贮存南京、杭州、苏州的病态的梅树，竭尽我毕生的时间来治疗病梅呢！

在这篇寓言中，作者通过谴责人们对梅花的摧残，形象地揭露和抨击了清王朝统治阶级束缚人民思想、压制摧残人才的行径，表达了要求改革政治、追求个性解放的强烈愿望。

这篇作品篇幅短小，结构严谨，寓意深刻，把中国古代寓言创作提升到一个新的境界。全文一共三段，表面写梅，实际是借梅议政，通过写梅来曲折地抨击社会的黑暗，表达自己的政治理想。

第一段，揭示产生病梅的根源。文章起笔先简要叙述梅的产地："江宁之龙蟠，苏州之邓尉，杭州之西溪，皆产梅。"然后笔锋一转，引出一段有些人评价梅的美丑，用"固也"一语轻轻收住。接着，作者开始详细分析病梅产生的缘由。原来，在"文人画士"的心目中，梅虽然"以曲为美""以欹为美""以疏为美"。但一"未可明诏大号"；二不能让人"以夭梅、病梅为业以求钱"；三，从客观上说又不能"以其智力为也"。所以，他们只好通过第四个途径了。于是，他们暗通关节，让第三者来转告"鬻梅者"，斫正，删密，锄直，以投"文人画士孤癖之隐"。在这样的情况下，"江南之梅皆病"也就无可避免了。"文人画士之祸之烈至此哉！"一句感叹，道出了作者的无尽愤慨，也为下文"誓疗之"蓄足了情势。

第二段，写作者疗梅的行动和决心。"予购三百盆"而"誓疗之"，可见其行动的果断；"以五年为期，必复之全之"，可见其成功的誓言；"甘受诟厉，辟病梅之馆"，可见其坚持到底的决心。疗梅的举动和决心，写尽了作者对封建统治阶级压制人才、束缚思想的不满和愤慨，表达了对解放思想、个性自由的强烈渴望。

第三段，写作者辟馆疗梅的苦心。这一段，作者慨叹自己暇日不多，闲田不多，疗梅的力量有限，也就是慨叹自己的力量不足以挽回人才受扼杀的黑暗的政局。

事实上，作者一生在仕途上很不得意，只做过小京官，而且受到权贵的歧视和排挤，自己的才能都无法施展，更不要说解除全国人才所遭受的扼制了。因此，他只能以感叹作结。但是，虽为感叹，他渴望"广贮江宁、杭州、苏州之病梅"，"穷予生之光阴以疗梅"，也充分表现了他坚持战斗的意志。

整篇寓言表面上句句说梅，实际上却是以梅喻人，字字句句抨击时政，寓意十分深刻。作者借文人画士不爱自然健康的梅，而以病梅为美，以至使梅花受到摧残，影射统治阶级禁锢思想、摧残人才的丑恶行径。"有以文人画士孤癖之隐明告鬻梅者"，暗示的正是那些封建统治者的帮凶，他们根据主子的意图，奔走效劳，以压制人才为业。斫正、删密、锄直，这夭梅、病梅的手段，也正是封建统治阶级扼杀人才的恶劣手段；他们攻击、陷害那些正直不阿、有才能、有骨气、具有蓬勃生气的人才，要造就的只是"旁条"和生机窒息的枯干残枝，亦即屈曲、邪佞和死气沉沉的奴才、庸才。作者"购三百盆"，"泣之三日"，为病梅而泣，正是为人才被扼杀而痛哭，无限悲愤之中显示了对被扼杀的人才的深厚同情。"纵之顺之，毁其盆，悉埋于地，解其棕缚"，就是说要破除封建统治阶级对人才的束缚、扼制，让人们的才能获得自由发展。"必复之全之"，一定要恢复梅的本性，保全梅的自然、健康的形态。这正反映了作者要求个性解放，"不拘一格降人才"的迫切心情。

龚自珍处在清王朝表面上是一潭死水，而实际上危机四伏的时期，面临封建制度解体，暴风雨即将来临的前夕，能够对时代的脉搏有敏锐的感触，指斥社会的弊病，强烈要求改革现实，反映了先进知识分子的思想愿望，是难能可贵的。作为一位著名的启蒙思想家，龚自珍的这种思想，给中国近代史上的资产阶级改良派和革命派以较大的影响，具有历史的进步性。

《病梅馆记》作于1839年。这是一篇作者返回故里杭州为自己新辟梅园命名"病梅馆"而作的散文。题目又名《疗梅说》。此时正是鸦片战争前夕。作者为了逃避当时的文网，采取比较隐晦曲折的手法抨击时政，表述政治见解，使得作品的寓意仍不免有些晦涩。

然而，正是因为这样的时代背景，逼迫作者写作时不得不在继承中国古代寓言创作传统的同时，在艺术上进行大胆的创新。因此这篇作品在语言艺术上最显著的特色就是通篇运用比喻的手法，借题发挥，以梅喻人，借物议政。既有"梅"的形象，也有人的影子，表面上是对梅的品评，实际上是对时政的议论，通过对病梅的批评，批判社会政治，状物和议政融为一体，从而使这篇以生活琐事为题材的寓言小品，寓托着深刻的政治内容。

龚自珍是我国19世纪上半叶一个杰出的思想家和文学家。他生活的年代（清朝嘉庆、道光）是中国封建社会日趋解体、没落，面临崩溃，走向半封建、半殖民地的过渡时代的开始阶段。

在这一历史新阶段，资产阶级刚从封建主义的土壤中露出一点嫩芽。他对封建国家的新危机，具有一种特殊的敏感性，思想带有极大的叛逆性。他以一种特有的敏锐的眼光观察现实，把文学创作与"当今之务"联系起来，在他的文学创作中表现了对清王朝腐败政治的不满，对于官僚的庸碌而不思振作的厌恶，对腐朽、黑暗的现实政治、社会进行了深刻的揭露和尖锐的批判，并发出改革的呼声，提出改良的主张。他首开近代文学史上的一种"讥切时政，诋诽专制"的风气；追求个性解放成了他诗文中的特有情调。《病梅馆记》是在这方面写得最动人而出色的寓言精品。

这篇议论小品文，以小见大，通过植梅的生活琐事，反映了作者在专制主义的压制和束缚之下，渴望人格的自由、求得精神解放的思想。文章中"疗之：纵之顺之，毁其盆，悉埋于地，解其棕缚"，就是要让梅树获得自由的舒展，勃发而健康地生长，反映了他对残酷统治的愤慨和要求改革的迫切。作者身处统一的封建国家面临没落、崩溃的时代，封建统治阶级以文字狱、八股文扼杀一切聪明才智，加强思想统治，奴役人民，"万马齐喑"的阴云笼罩着全国大地。

作者眼见到清王朝现实统治为"日之将夕"，在《病梅馆记》中，他借梅喻人议政，强烈要求改革政治，摆脱摧残人性的专制淫威，打破严酷的思想统治，追求个性解放。病梅之所以病，原因是斫伤了它的天性，梅树应该以它蓬勃的生机，以它的自然形态健康生长，这样才符合于自然物理的个性。作者的这个思想认识正是他与束缚个性的现实社会对抗的表现。

如果说"南橘北枳"在一般意义上揭示了植物与气候、人与社会环境的关系，"楚王好细腰"讽刺的是君主一人扭曲的人才观；那么，《病梅馆记》则是对全面禁锢人的思想、疯狂扼杀人才的整个统治系统给予了无情的鞭笞。君主一人的怪癖对社会风气所造成的危害固然不可小觑，整个官僚系统的溃败对人心的伤害更深。

当然，作为一篇寓言作品，《病梅馆记》的思想价值已经远远超出政论领域；其寓意是丰富的、多侧面、多层次的。放在今天这个绿色发展已经成为全球共识的时代，其对人与自然关系的启示，是尤其值得重视的。其中所蕴含的人与自然和谐相处的思想传统，可以上溯至老庄。

庄子的思想和老子一脉相承，都推崇自然之"道"，主张用"道"来引导我们的人生。当然庄子与老子又有不同,更好说道的无所不在,甚至在于"屎溺(尿)中"。庄子的时代,中华文明在经过数千年的早熟之后,面临总体性的危机,比孔子时代更甚。人生的困惑,道德的困惑,财富的困惑,尤其是生死的困惑,庄子都真切地感受到了,他常常慨叹"死生亦大矣","人生如寄",就是说,死和生是人生最根本的、最大的问题。庄子谈到了这些问题时提出要从根本上来探讨,从总体上加以把握,而不能头痛医头,脚痛医脚。在庄子看来,天苍苍野茫茫,大地山川河流,就是"道"的显现。庄子说:"天地有大美而不言,四时有明法而不议,万物有成理而不说。"什么意思呢?就是说天地有大美就在于它不言,又美又不言,这个是最高的美德,它虽然很美,但是它不表现自己。四时有明法,有运转的法则,但是它从来不刻意地张扬自己。万物有成理而不说,万物有自然的规律。

在庄子的心目中,所谓圣人就是顺应自然的人,而不是改造自然的英雄。"原天地之美而达万物之理。是故至人无为,大圣不作,观于天地之谓也。"庄子不否定圣人，但是他认为圣人就是老老实实地尊重自然，爱护自然，投入自然，你不需要去破坏自然驾驭自然。

庄子认为，"道"有一个特点，就是反对刻意。为此他写过一篇文章叫《刻意》专门谈这个问题。什么叫刻意呢？就是刻意造作，聪明过头。聪明者往往并不精明，小聪明并不是大智慧。所以庄子说："若夫不刻意而高，无仁义而修，无功名而治，无江海而闲，不道引而寿，无不忘也，无不有也。淡然无极而众美从之。此天地之道，圣人之德也。"庄子认为，刻意为之，最后造成的结果就违背了道德，最后使我们受到伤害。所以，不刻意而高，无仁义而修，符合大道，才是真正的仁义，才是真正的圣人，才是真正的天地之道。

庄子对恃强凌弱、弱肉强食，对于阴谋诡计是绝对反对的，庄子主张人对自然界的一切事物，包括对人类本身，都要尊重，在敬爱别人、尊重他者当中实现自我。为此，他宁愿像在烂泥中打滚的乌龟那样过着潦倒的生活，也不愿接受楚灵王的邀请到楚国做官。

庄子钓于濮水，楚王使大夫二人往先焉，曰："愿以境内累矣！"

庄子持竿不顾，曰："吾闻楚有神龟，死已三千岁矣，王巾笥而藏之庙堂之上。此龟者，宁其死为留骨而贵乎？宁其生而曳尾于涂中乎？"二大夫曰："宁生而曳尾涂中。"庄子曰："往矣，吾将曳尾于涂中。"

这段著名的对话，出自《庄子·秋水》，楚灵王想请庄子到楚国为相，于是派遣两位大臣先行前往致意。而此时庄子正在濮水边垂钓，两位大臣见了庄子后，非常礼貌而又不失分寸地说："楚王愿将国内政事委托给您，要让您受累了。"庄子却手把钓竿头也不回地说："我听说楚国有一神龟，已经死了三千年了，楚王用竹箱装着它，用巾饰覆盖着它，珍藏在宗庙里。你们说，这只神龟，是愿意为了留下骨骸以显示尊贵而死呢，还是愿意拖着尾巴在泥水里活着呢？"两位大臣说："当然是愿意拖着尾巴在泥水里活着嘛。"庄子说："既然如此，你们还是回去吧！我愿意拖着尾巴在泥水里活着。"

关于人才，庄子主张尊重人的天性，反对扭曲人的天性。他举例说："凫胫虽短，续之则忧；鹤胫虽长，断之则悲。"野鸭子腿很短，这个是自然的天性，你不要嫌它短，给它接长；仙鹤腿很长，你也不要给它砍掉一截。做那种事，你以为聪明，实际上是可悲可忧的。所以，庄子的"道"，就是尊重自然回归自然，尊重物性众生平等。在与自然和谐相处当中，我们才能其乐融融，感觉到一种天人合一的和谐。

而关于人与人之间的关系，庄子则完全认同老子的主张："相濡以沫，不若相忘于江湖"。《庄子》记录了老子和孔子交往的许多事迹，一般都是孔子问、老聃答。只有一次，"孔子见老聃而语仁义"。

不料，这一举动却遭到老子的一番批评。老聃说："播扬的糠屑进入眼睛，也会颠倒天地四方，蚊虻之类的小虫叮咬皮肤，也会通宵不能入睡。仁义给人的毒害就更为惨痛乃至令人昏愦糊涂，对人的祸乱没有什么比仁义更为厉害。你要想让天下不至于丧失淳厚质朴，你就

九　橘与枳，梅与人

该纵任风起风落似地自然而然地行动，一切顺于自然规律行事，又何必那么卖力地去宣扬仁义，好像是敲着鼓去追赶逃亡的人似的呢？白色的天鹅不需要天天沐浴而毛色自然洁白，黑色的乌鸦不需要每天用黑色渍染而毛色自然乌黑，乌鸦的黑和天鹅的白都是出于本然，不足以分辨谁优谁劣；名声和荣誉那样的外在东西，更不足以播散张扬。"

接着，老子又给孔子讲了一个寓言故事：

> 泉涸，鱼相与处于陆，相呴以湿，相濡以沫，不如相忘于江湖。

这段文字出自《庄子·外篇·天运》（《庄子·大宗师》又直接加以引用）。根据上海社会科学院终身研究员、周易研究中心主任周山的理解，寓言中包含两种场景，展示了两种不同的生存理念。前一场景是两条鱼在泉水干涸成为陆地的情况下，各自以口中的湿气和涎沫滋润对方，以延续对方的生命。当灭顶之灾来临之际，将仅有的一线生机留给他人，人与人之间的"仁义"关怀到了极致。后一场景是两条鱼生活在江湖之中，从不会想到用自己口中的湿气和涎沫去滋润对方。当处在适合生存的环境里，不存在生存危机的状态下，人们就会忘掉相互之间的"仁义"关怀。

对这两种场景、两种生存理念作一比较，可以感受到二者之间的明显差异：前一场景是一种极端恶劣的生存状态，即便"相呴以湿，相濡以沫"，所能维持的生存质量必然很低，也很难长久；后一场景是一种最适宜、最自然的生存状态，每一个个体都保持着理想的生存质量，个体之间无须相互关怀。在老子看来，孔子自鸣得意的"仁义"思想，是建立在人类生存环境恶化基础之上的一种生存理念。这种教化越盛行，说明人们所处的生存环境越恶劣。

所以，老子并不欣赏孔子"语仁义"，而倡导另一种截然不同的生存理念：人应该如同鱼儿在大江大湖里那样，生活在适合生存的环境中；在那种环境下惬意生活的人，不需要相互之间的关怀救助，社会也无须进行

"仁义"教化。这种"相忘于江湖"的生存理念，才是人们应该持有的，并且在这种理念的引导下，人们应当积极主动地寻找、营造一个适宜的社会环境。（周山：《老子庄子怎样通过小寓言讲大智慧》，《解放日报》2018年5月8日，第12版）

古语云：十年树木，百年树人。无论是木材的蓄养还是人才的培育，都是关系到一个民族休养生息、文化传薪继火的大事。一个民族的振兴，最最关键的是人才；而人才的成长，对社会环境尤其敏感。我们只有一个地球，地球上只有一个中国，我们要打起百倍的精神，维护好植物生成的自然环境和人才成长的社会环境，中华民族光辉灿烂的未来，正握在你我手里。

祝福人类，祝福中国！

参考书目

陈磊译注：《资治通鉴》，中华书局，2007年版。
陈蒲清著：《寓言传》，岳麓书社，2014年版。
陈蒲清著：《中国古代寓言史》，湖南教育出版社，1983年版。
仇春霖主编：《中国古代寓言大系》，山西教育出版社，1994年版。
冯国超主编：《百喻经》，吉林人民出版社，2005年版。
姜鹏著：《德政之要：〈资治通鉴〉中的智慧》，上海人民出版社，2016年版。
金良年撰：《孟子译注》，上海古籍出版社，2010年版。
李毓芙编著：《成语典故文选》，山东教育出版社，1984年版。
刘安撰：《淮南子》，中州古籍出版社，2010年版。
刘俊田等译注：《四书全译》，贵州人民出版社，1988年版。
刘向编订：《战国策》，上海古籍出版社，2008年版。

司马迁著：《史记》，中华书局，1982年版。

夏德元著：《中国格言漫话》，上海人民出版社，2012年版。

夏德元著：《读者有其书》，复旦大学出版社，2012年版。

杨伯峻著：《春秋左传注》，中华书局，1982年版。

杨伯峻著：《论语译注》，中华书局，1982年版。

杨伯峻著：《孟子译注》，中华书局，1982年版。

杨柳桥撰：《庄子译注》，上海古籍出版社，2012年版。

杨树达著：《周易古义老子古义》，上海古籍出版社，1991年版。

伊索著，王焕生译：《伊索寓言》，人民文学出版社，2015年版。

赵一生、朱宏达主编：《诸子百家格言警句（白话解）》，浙江古籍出版社，1995年版。

> 图书在版编目（CIP）数据
>
> 寓言里的中国/夏德元著.-上海：上海文艺出版社.2019.7（2023.6重印）
> (九说中国)
> ISBN 978-7-5321-7252-8
> Ⅰ.①寓… Ⅱ.①夏… Ⅲ.①寓言－文学研究－中国
> Ⅳ.①I207.74
> 中国版本图书馆CIP数据核字(2019)第118586号

发 行 人：毕　胜
策 划 人：孙　晶
责任编辑：余雪霁
封面设计：胡斌工作室

书　　名：寓言里的中国
作　　者：夏德元
出　　版：上海世纪出版集团　上海文艺出版社
地　　址：上海市闵行区号景路159弄A座2楼 201101
发　　行：上海文艺出版社发行中心
　　　　　上海市闵行区号景路159弄A座2楼206室　201101　www.ewen.co
印　　刷：上海中华印刷有限公司
开　　本：787×1092　1/32
印　　张：8.375
插　　页：2
字　　数：116,000
印　　次：2019年7月第1版 2023年6月第7次印刷
I S B N：978-7-5321-7252-8/G·0244
定　　价：27.00元
告 读 者：如发现本书有质量问题请与印刷厂质量科联系　T:021-69213456